Rosarito, Beatriz, Antonia y más historias del demonio

Ramón María del Valle-Inclán

Ciencia Ficción y Fantasía - 172

Rosario, Beatriz, Antonia y más historias del diablo
Primera Edición, marzo de 2026

© Libros Mablaz, Madrid

© De esta edición, Libros Mablaz, Madrid

blogs:
Editorial Libros Mablaz
**http://editoriallibrosmablazycienciaficcion.blogspot.co
m.es/**
Ciencia ficción y fantasía en Libros Mablaz:
http://mablazlibros.blogspot.com.es/
Librería en Todocolección:
**https://www.todocoleccion.net/s/catalogo?identificad
orvendedor=LibrosMablaz**

Diseño de cubiertas: Mari Carmen López

ISBN: 979-13-991637-5-9
Depósito Legal: M- M-5098-2026

LIBROS MABLAZ - 451

Rosarito, Beatriz, Antonia
y más historias del demonio

Ramón María del Valle-Inclán

Prólogo: Valle Inclán y el terror

Los relatos de terror de Valle-Inclán, dados sobre todo en su juventud, antes de que creara el esperpento, aunque a veces los simultánea con él.

El terror de Valle-Inclán tiene unos rasgos muy característicos, al que traslada la atmósfera angustiosa que predomina en buena parte de su obra, que a menudo cuenta con unos finales terribles. A esto añade lo sobrenatural, vinculado o no a la muerte y casi siempre a la tradición gallega, en que es incluida la atmósfera sombría de pazos antiguos.

La escritura que presentan estas novelas cortas y relatos breves se asemejan a los paradigmas de la novela gótica, con la inclusión de espectros y, a menudo, referencias satánicas, como son los ocho opúsculos —ahora llamados *novelette* o la traducción de este término que se está introduciendo en castellano, *noveleta*)— o

7

cuentos que se incluyen en este libro, a saber *Del Misterio* (1895), *El Miedo* (1902), *Fue Satanás* (1902), *Milón de la Arnoya* (1903), *Santa Baya de Cristamilde* (1904), *Beatriz (Satanás)* -1907-, *Mi hermana Antonia* (1913) y *Rosarito* (1918).

No podemos negar que nos hubiera gustado más haber sacado una novela más larga de Valle-Inclán, pero cada autor escribe lo que escribe y no se puede sacar de donde no hay. De hecho, en todos los registros sobre la fantasía realizada en España, a Valle-Inclán se le suele asociar a la fantasía a través de una recopilación de relatos titulada *Jardín Umbrío* (1903), aunque todos los cuentos incluidos en el libro no son del género.

Los ambientes habituales del terror del escritor gallego suelen ser lugares cerrados, oscuros y con un aura mística.

Los elementos sobrenaturales de Valle-Inclán suelen ser, además de Satanás, brujas, trasgos y una mezcolanza de la tradición gallega con rasgos de devoción religiosa.

Aunque, en el caso de Valle, además de lo sobrenatural, el miedo se presenta como un escalofrío, con el susto que el lector se va a llevar y se va palpando en la atmósfera creada por el autor, donde la muerte está siempre presente como un personaje más de la narración que puede aparecer en cualquier momento.

Otro elemento característico del terror de Valle-Inclán, tal vez incluso de toda su narrativa, son las descripciones meticulosas, que el escritor, para infundir miedo, buscan sobrecoger al lector.

Un último detalle a referenciar sobre la narrativa de este genio es su singular capacidad para crear atmósferas intensas y grotescas que casi siempre, no solo en sus obras de terror, buscar sobrecoger al leedor de la mayor parte de sus libros.

Ricardo Muñoz Fajardo

Los dos primeros libros recopilatorios de los relatos de Valle-Inclán, publicados respectivamente en los años 1903 y 1905

Rosarito

CAPÍTULO I:

Sentada ante uno de esos arcaicos veladores con tablero de damas, que tanta boga conquistaron en los comienzos del siglo, cabecea el sueño la anciana condesa de Cela: los mechones plateados de sus cabellos, escapándose de la toca de encajes, rozan con intermitencias desiguales los naipes alineados para un solitario. En el otro extremo del canapé, su nieta Rosarito mueve en silencio cuatro agujas de acero, de las cuales, antes que la velada termine, espera ver salir un botinín blanco con borlas azules, igual en todo a otro que la niña tiene sobre el regazo, y sólo aguarda al compañero para ir a calzar los diminutos pies del futuro conde de Cela. — Aunque muy piadosas entrambas damas, es lo cierto que ninguna presta atención a la vida del Santo del día, que el capellán del Pazo lee en voz alta, encorvado sobre el velador, y calados los espejuelos de recia armazón dorada—. De pronto Rosarito levanta la cabeza y se queda como abstraída, fijos los ojos en la puerta del jardín, que se abre sobre un fondo de ramajes oscuros y misteriosos: ¡no más misteriosos, en verdad, que la mirada de aquella niña pensativa y blanca!

Vista a la tenue claridad de la lámpara, con la rubia cabeza en divino escorzo, la sombra de las pestañas temblando en el marfil de la mejilla, y el busto delicado y gentil destacándose en la penumbra incierta sobre la dorada talla y el damasco azul celeste del canapé, Rosarito recordaba esas ingenuas madonas pintadas sobre fondo de estrellas y luceros. La niña entorna los ojos, palidece, y sus labios agitados por temblor extraño dejan escapar un grito:

—¡Jesús!... ¡Qué miedo!...

Interrumpe su lectura el clérigo, y mirándola por encima de los espejuelos, carraspea:

—¿Alguna araña, eh, señorita?

Rosarito mueve la cabeza.

—¡No señor, no!

R osarito estaba muy pálida. Su voz, un poco velada, tenía esa inseguridad delatora del miedo y de la angustia. En vano por aparecer serena, quiso continuar la labor que yacía en su regazo; las agujas temblaban demasiado entre aquellas manos pálidas, transparentes, como las de una santa; manos místicas y ardientes, que parecían adelgazadas en la oración por el suave roce de las cuentas del rosario.

Profundamente abstraída, clavó las agujas en el brazo del canapé.

Después, con voz baja e íntima, cual si hablase consigo misma, balbuceó:

—Jesús; ¡Qué cosa tan extraña! Al mismo tiempo entornó los párpados y cruzó las manos sobre el seno, de cándidas y gloriosas líneas: parecía soñar. El capellán la miró con extrañeza.

—¿Qué le pasa, señorita Rosario?

La niña entreabrió los ojos y lanzó un suspiro:

—¿Diga don Benicio, será algún aviso del otro mundo?...

—¡Un aviso del otro mundo!... ¿Qué quiere usted decir?

Antes de contestar, Rosarito dirigió una nueva mirada al misterioso y dormido jardín, a través de cuyos ramajes se filtraba la blanca luz de la Luna; luego en voz débil y temblorosa murmuró:

—Hace un momento juraría haber visto entrar por esa puerta a don Juan Manuel...

—¿Don Juan Manuel, señorita?... ¿Está usted segura?

—Sí; era él, y me saludaba sonriendo...

—Pero ¿usted recuerda a don Juan Manuel? Si lo menos hace diez años que está en la emigración.

—Me acuerdo, don Benicio, como si le hubiese visto ayer. Era yo muy niña y fui con el abuelo a visitarle en la cárcel de Santiago, donde le tenían preso por liberal. El abuelo le llamaba primo. don Juan Manuel era muy alto; con el bigote muy retorcido; y el pelo blanco y rizo.

El capellán asintió:

—Justamente, justamente. A los treinta años tenía la cabeza más blanca que yo ahora. Sin duda usted habrá oído referir la historia...

Rosarito juntó las manos.

—¡Oh! ¡Cuántas veces! El abuelo la contaba siempre.

Se interrumpió viendo enderezarse a la condesa. La anciana señora miró a su nieta con severidad, y todavía mal despierta murmuró:

—¿Qué tanto tienes que hablar, niña? Deja leer a don Benicio.

Rosarito, roja de vergüenza, inclinó la cabeza y se puso a mover las largas agujas de su labor. Pero don Benicio, que no estaba en ánimo de seguir leyendo, cerró el libro y bajó los anteojos hasta la punta de la nariz.

—Hablábamos del famoso don Juan Manuel, señora condesa. don Juan Manuel Montenegro, emparentado, si no me engaño, con la ilustre casa de los condes de Cela...

La anciana le interrumpió.

—Y ¿a dónde han ido ustedes a buscar esa conversación? ¿También usted ha tenido noticia del hereje de mi primo? Yo sé que está en el país, y que conspira. El cura de Cela, que le conoció mucho en Portugal, le ha visto en la feria de Barbanzón, disfrazado de chalán.

Don Benicio se quitó los anteojos vivamente.

—¡Hum! He ahí una noticia. Y una noticia de las más extraordinarias.

¿Pero no se equivocaría el cura de Cela?... La condesa se encogió de hombros.

—Qué, ¿lo duda usted? Pues yo no. ¡Conozco harto bien a mi señor primo!

—Los años quebrantan las peñas, señora condesa: cuatro anduve yo por las montañas de Navarra con el fusil al hombro, y hoy, mientras otros baten el cobre, tengo que contentarme con pedir a Dios en la misa el triunfo de la santa causa.

Una sonrisa desdeñosa asomó en la desdentada boca de la linajuda señora.

—¿Pero quiere usted compararse don Benicio?... Ciertamente que en el caso de mi primo cualquiera se miraría antes de atravesar la frontera; pero esa rama de los Montenegros es de locos. Loco era mi tío don José; loco es el hijo; y locos serán los nietos. Usted habrá oído mil veces en casa de los curas hablar de don Juan Manuel. Pues bien, todo lo que se cuenta no es nada comparado con lo que ese hombre ha hecho.

El clérigo repitió a media voz:

—Ya sé, ya sé... Tengo oído mucho. ¡Es un hombre terrible, un libertino, un masón!

La condesa alzó los ojos al cielo y suspiró.

—¿Vendrá a nuestra casa? ¿Qué le parece a usted?

—¿Quién sabe? Conoce el buen corazón de la señora condesa.

El capellán sacó del pecho de su levitón, un gran pañuelo a cuadros azules y lo sacudió en el aire con suma parsimonia: después se limpió la calva.

—¡Sería una verdadera desgracia! Si la señora atendiese mi consejo, le cerraría la puerta.

Rosarito lanzó un suspiro. Su abuela la

miró severamente y se puso a repiquetear con los dedos en el brazo del canapé.

—Eso se dice pronto, don Benicio. Está visto que usted no le conoce. Yo le cerraría la puerta y él la echaría abajo. Por lo demás tampoco debo olvidar que es mi primo.

Rosarito alzó la cabeza. En su boca de niña temblaba la sonrisa pálida de los corazones tristes, y en el fondo misterioso de sus pupilas brillaba una lágrima rota. De pronto lanzó un grito. Parado en el umbral de la puerta del jardín estaba un hombre de cabellos blancos, estatura gentil y talle todavía 6 arrogante y erguido.

CAPÍTULO III

Don Juan Manuel Montenegro podría frisar en los sesenta años. Tenía ese hermoso y varonil tipo suevo tan frecuente en los hidalgos de la montaña gallega. Era el mayorazgo de una familia antigua y linajuda, cuyo blasón lucía diez y seis cuarteles de nobleza y una corona real en el jefe. don Juan Manuel, con gran escándalo de sus deudos y allegados, al volver de la emigración hiciera picar las armas que campeaban sobre la puerta de su pazo solariego, un caserón antiguo y ruinoso, mandado edificar por el mariscal Montenegro, que figuró en las guerras de Felipe V, y fue el más notable de los de su linaje. Todavía se conserva en el país memoria de aquel señorón excéntrico, déspota y cazador, beodo y hospitalario. don Juan Manuel a los treinta años había malbaratado su patrimonio.

Solamente conservó las rentas y tierras de vínculo, el pazo y una capellanía, todo lo cual apenas le daba para comer. Entonces empezó su vida de conspirador y aventurero; vida tan llena de riesgos y azares, como la de aquellos segundones hidalgos que se enganchaban en los tercios de Italia por buscar lances de amor, de espada y de fortuna. Liberal aforrado en masón, fingía gran menosprecio por toda suerte de timbres nobiliarios, lo que no impedía que fuese altivo y cruel como un árabe noble.

Interiormente sentíase orgulloso de su abolengo, y pese a su despreocupación dantoniana, placíale referir la leyenda heráldica que hace descender a los Montenegros de una emperatriz alemana. Creíase emparentado con las más nobles casas de Galicia, y desde el conde de Cela al de Altamira, con todos se igualaba, y a todos llamaba primos, como se llaman entre sí los reyes. En cambio, despreciaba a los hidalgos sus vecinos y se burlaba de ellos sentándolos a su mesa y haciendo sentar a sus criados. Era cosa de ver a don Juan Manuel erguirse cuán alto era, con el vaso desbordante, gritando con aquella engolada voz de gran señor que ponía asombro en sus huéspedes—: En mi casa, señores, todos los hombres son iguales. Aquí es ley la doctrina del filósofo de Judea.

Don Juan Manuel era uno de esos locos de buena vena, con maneras de gran señor, ingenio de coplero y alientos de pirata. Bullía de continuo en él una desesperación sin causa ni objeto, tan pronto arrebatada como burlona; ruidosa como sombría. Atribuíansele cosas verdaderamente extraordinarias. Cuando volvió de su primera emigración, encontrose hecha la leyenda. Los viejos liberales partidarios de Riego contaban que le había blanqueado el cabello desde que una sentencia de muerte tuviérale tres días en capilla, de la cual consiguiera fugarse por un milagro de audacia: pero las damiselas de su provincia, abuelas hoy que todavía suspiran cuando recitan a sus nietas los versos de El trovador, referían algo mucho más hermoso... Pasaba esto en los buenos tiempos del Romanticismo, y fue preciso suponerle víctima de trágicos amores.

¡Cuántas veces oyera Rosarito en la tertulia de sus abuelos la historia de aquellos cabellos blancos! Contábala siempre su tía la de Camarasa, una señorita cincuentona, que leía novelas con el ardor de una colegiala; y todavía cantaba en los estrados aristocráticos de Brumosa melancólicas tonadas del año treinta. Amada de Camarasa conociera a don Juan Manuel en Lisboa, cuando las bodas del infante don Miguel. Era ella una niña, y habíale quedado muy presente la sombría figura de aquel emigrado español de erguido talle y ademán altivo, que todas las mañanas se paseaba con el poeta Espronceda en el atrio de la catedral, y no daba un paso sin golpear fieramente el suelo con la contera de su caña de Indias.

Amada de Camarasa no podía menos de suspirar siempre que hacía memoria de los alegres años pasados en Lisboa. ¡Quizá volvía a ver con los ojos de la imaginación la figura de cierto hidalgo *lusitaño* de moreno rostro y amante labia, que había sido la única pasión de su juventud!... ¡Pero esta es otra historia que nada tiene que ver con la de don Juan Manuel!

CAPÍTULO IV

El mayorazgo se había detenido en medio de la espaciosa sala y saludaba encorvando su aventajado talle, aprisionado en largo levitón.

—Buenas noches, condesa de Cela. ¡He aquí a tu primo Montenegro, que viene de Portugal! Su voz, al sonar en medio del silencio de la anchurosa y oscura sala del pazo, parecía más poderosa y más hueca.

La condesa, sin manifestar extrañeza, repuso con desabrimiento:

—Buenas noches, señor mío.

Don Juan Manuel se atusó el bigote y sonrió, como hombre acostumbrado a tales desvíos y que los tiene en poco. De antiguo recibíasele de igual modo en casa de todos sus deudos y allegados, sin que nunca se le antojara tomarlo a pecho: contentábase con hacerse obedecer de los criados y manifestar hacia los amos cierto desdén de gran señor. Era de ver cómo aquellos hidalgos campesinos que nunca habían salido de sus madrigueras, concluían por humillarse ante la apostura caballeresca y la engolada voz del viejo libertino, cuya vida de conspirador, llena de azares desconocidos, ejercía sobre ellos el poder sugestivo de lo tenebroso.

Don Juan Manuel acercose rápido a la condesa y tomole la mano, con aire a un tiempo cortés y familiar:

—Espero, prima, que me darás hospitalidad por una noche.

Así diciendo, con empaque de viejo gentilhombre, arrastró un pesado sillón de Moscovia, y tomó asiento al lado del canapé. En seguida, y sin esperar respuesta, volviose a Rosarito.

—¡Acaso había sentido el peso magnético de aquella mirada que tenía la curiosidad de la virgen y la pasión de la mujer! —puso el emigrado una mano sobre la rubia cabeza de la niña, obligándola a levantar los ojos, y con esa cortesanía exquisita y simpática de los viejos que han amado y galanteado mucho en su juventud, pronunció a media voz— ¡la voz honda y triste, con que se recuerda el pasado!

—Tú no me reconoces, ¿verdad, hija mía?;

pero yo sí; te reconocería en cualquier parte...
¡Te pareces tanto a una tía tuya, hermana de tu
abuelo, a la cual ya no has podido conocer!... ¿Tú
te llamas Rosarito, verdad?

—Sí señor...

Don Juan Manuel se volvió a la condesa.

—¿Sabes, prima, que es muy linda la pequeña? Y moviendo la plateada y varonil cabeza,
continuó cual si hablase consigo mismo—: ¡Demasiado linda quizá para que pueda ser feliz!...

La condesa, halagada en su vanidad de
abuela, repuso con benignidad, mirando y sonriendo a su nieta:

—No me la trastornes, primo. ¡Sea ella
buena, que el que sea linda es cosa de bien poco!...

El emigrado asintió con un gesto sombrío
y teatral. Quedose algún tiempo contemplando a
la niña, y luego enderezándose en el sillón preguntó a la condesa:

—¿Es la mayorazga?

—No. A última hora ocurriósele a su mamá encargar un infantito a Pekín...

Y la noble señora, señalaba sonriendo el
botinín de estambre en que trabajaba su nieta.
La niña, con las mejillas encendidas y los ojos
bajos, movía las agujas temblorosa y torpe.
¿Adivinó el viejo libertino lo que pasaba en

aquella alma tan pura? ¿Tenía él, como todos los grandes seductores, esa intuición misteriosa que lee en lo íntimo de los corazones y conoce las horas propicias al amor? Ello es que una sonrisa de increíble audacia tembló un momento bajo el mostacho blanco del hidalgo, y que sus ojos verdes —soberbios y desdeñosos como los de un tirano, o de un pirata—, se posaron con gallardía donjuanesca sobre aquella cabeza melancólicamente inclinada que con su crencha de oro, partida por estrecha raya, tenía cierta castidad prerrafaélica. Pero la sonrisa y la mirada del emigrado fueron relámpagos por lo siniestras y por lo fugaces.

Recobrada *incontinenti* su actitud de gran señor, don Juan Manuel se inclinó ante la condesa.

—Perdona, prima, que todavía no te haya preguntado por el conde.

La anciana suspiró levantando los ojos al cielo.

—¡Ay! ¡El conde lo es desde hace mucho tiempo mi hijo Pedro!...

El mayorazgo se enderezó en el sillón, dando con la contera de su caña en el suelo.

—¡Vive Dios! En la emigración nunca se sabe nada. Apenas llega una noticia... ¡Pobre amigo! ¡Pobre amigo!... ¡No somos más que polvo!... Frunció las cejas imperceptiblemente; y apoyándose a dos manos en el puño de oro de su bastón, añadió con fanfarronería—: Si antes lo hubiese sabido, créeme que no tendría el honor de hospedarme en tu palacio.

—¿Por qué?

—Porque tú nunca me has querido bien. ¡En eso eres de la familia!

La noble señora sonrió tristemente.

—Tú eres el que has renegado de todos. ¿Pero a qué viene recordar ahora eso? Cuenta has de dar a Dios de tu vida, y entonces...

Don Juan Manuel se inclinó con sarcasmo:

—Te juro, condesa, que como tenga tiempo he de arrepentirme.

El capellán, que no había desplegado los labios, repuso afablemente —afabilidad que le imponía el miedo a la cólera del hidalgo:

—Volterianismos, don Juan Manuel... Volterianismos que después, en la hora de la muerte...

Don Juan Manuel no contestó. En los ojos de Rosarito acababa de leer un ruego tímido y ardiente a la vez. El viejo libertino miró al clérigo de alto a bajo, y volviéndose a la niña, que temblaba, contestó, sonriendo:

—¡No temas, hija mía! Si no creo en Dios, amo a los ángeles...

El clérigo, en el mismo tono conciliador y francote, volvió a repetir.

—¡Volterianismos, don Juan Manuel!... ¡Volterianismos de la Francia!

Intervino con alguna brusquedad la condesa, a quien lo mismo las impiedades que las galanterías del emigrado inspiraban vago terror.

—¡Dejémosle don Benicio! Ni él ha de convencernos ni nosotros a él...

Don Juan Manuel sonrió con exquisita ironía.

—¡Gracias, prima, por la ejecutoria de firmeza que das a mis ideas, pues ya he visto cuánta es la elocuencia de tu capellán!

La condesa sonrió fríamente con el borde de los labios y dirigió una mirada autoritaria al clérigo para imponerle silencio. Después, adoptando esa actitud seria y un tanto melancólica con que las damas del año treinta se retrataban y recibían en el estrado a los caballeros, murmuró:

—¡Cuando pienso en el tiempo que hace que no nos hemos visto!... ¿De dónde sales ahora? ¿Qué nueva locura te trae? ¡Los emigrados no descansáis nunca!...

—Pasaron ya mis años de pelea, condesa... Ya no soy aquel que tú has conocido. Si he atravesado la frontera, ha sido únicamente para traer socorros a la huérfana de un pobre emigrado, a quien asesinaron los estudiantes de Coimbra. Cumplido este deber me vuelvo a Portugal.

—¡Si es así, que Dios te acompañe!...

CAPÍTULO V

Un antiguo reloj de sobremesa dio las diez. Era de plata dorada, y de gusto pesado y barroco, como obra del siglo XVII. Representaba a Baco coronado de pámpanos y dormido sobre un tonel. La condesa contó las horas en voz alta y volvió al asunto de su conversación.

—Yo sabía que habías pasado por Brumosa, y que después estuvieras en la feria de Barbanzón vestido de chalán. Mis noticias eran que conspirabas.

—Ya sé que eso se ha dicho.

—A ti se te juzga capaz de todo menos de ejercer la caridad como un apóstol... —Y la noble señora sonreía con alguna incredulidad. Después de un momento añadió bajando insensiblemente la voz—: ¡Es el caso que no debes tener la cabeza muy segura sobre los hombros! —Y tras la máscara de frialdad con que quiso revestir sus palabras, asomaban el interés y el afecto.

Don Juan Manuel repuso en el mismo tono confidencial, paseando la mirada por la sala:

—¡Ya habrás comprendido que vengo huyendo! Necesito un caballo para repasar mañana mismo la frontera.

—¿Mañana?

—Mañana.

La condesa reflexionó un momento.

—¡Es el caso que no tenemos en el pazo ni una mala montura!... Y como observase que el emigrado fruncía el ceño, añadió—: Haces mal en dudarlo. Tú mismo puedes bajar a la cuadra y verlo. Hará cosa de un mes pasó por aquí haciendo una requisa la partida de El Manco y se llevó las dos yeguas que teníamos. No he querido volver a comprar, porque me exponía a que se repitiese el caso el mejor día.

Don Juan Manuel la interrumpió:

—¿Y no hay en la aldea quien preste un caballo a la condesa de Cela?

A la pregunta del mayorazgo siguió un momento de silencio. Todas las cabezas se inclinaban y parecían meditar. Rosarito que con las manos en cruz, y la labor caída en el regazo, estaba sentada en el canapé al lado de la anciana, suspiró tímidamente:

—Abuelita, el sumiller tiene un caballo que no se atreve a montar.

Y con el rostro cubierto de rubor, entreabierta la boca de madona y el fondo de los ojos misterioso y cambiante, Rosarito se estrechaba a la condesa cual si buscase amparo en un peligro. don Juan Manuel la infundía miedo; pero un miedo sugestivo y fascinador. Quisiera no haberle conocido y el pensar en que pudiera irse la entristecía. Aparecíasele como el héroe de un cuento medroso y bello cuyo relato se escucha temblando y, sin embargo, cautiva el ánimo hasta el final con la fuerza de un sortilegio. Oyendo a la niña, el emigrado sonrió con caballeresco desdén, y aún hubo de atusarse el bigote suelto y bizarramente levantado sobre el labio. Su actitud era ligeramente burlona.

—¡Vive Dios! Un caballo que el sumiller no se atreve a montar casi debe de ser un Bucéfalo. ¡He ahí, queridas mías, el corcel que me conviene!

La condesa movió distraídamente algunos naipes del solitario, y al cabo de un momento, como si el pensamiento y la palabra le viniesen de muy lejos, se dirigió al capellán.

—Don Benicio, será preciso que vaya usted a la rectoral y hable con el Sumiller.

Don Benicio repuso volviendo las hojas de El Año Cristiano.

—Yo haré lo que disponga la señora condesa; pero, salvo su mejor parecer, el mío es que más atendida había de ser una carta de vuecencia.

Aquí levantó el clérigo la tonsurada cabeza, y al observar el gesto de contrariedad con que la dama le escuchaba se apresuró a decir:

—Permítame la señora condesa que me explique. El día de San Miguel fuimos juntos de caza. Entre el Sumiller y el abad de Cela, que se nos reunió en el monte, hiciéronme una jugarreta del demonio. Todo el día estuviéronse riendo. ¡Con sus sesenta años a cuestas los dos tienen el humor de unos rapaces! Si me presento ahora en la rectoral pidiendo el caballo por seguro que lo toman a burla ¡Es un raposo muy viejo el señor sumiller!

Rosarito murmuró con anhelo al oído de la anciana.

—Abuelita, escríbale usted...

La mano trémula de la condesa acarició la rubia cabeza de su nieta.

—¡Ya, hija mía!...

Y la condesa de Cela, que hacía tantos

años estaba amagada de parálisis, irguiose sin ayuda y, precedida del capellán, atravesó la sala, noblemente inclinada sobre su muleta —una de esas muletas como se ven en los santuarios, con cojín de terciopelo carmesí guarnecido por clavos de plata—.

CAPÍTULO VI

el fondo oscuro del jardín, donde los grillos daban serenata, llegaban mur-mullos y aromas.

El vientecillo gentil que los *traía* estremecía los arbustos, sin despertar los pájaros que dormían en ellos.

A veces el follaje, misterioso como la túnica de una diosa, se abría susurrando y penetraba el blanco rayo de la Luna, que se quebraba en algún asiento de piedra, oculto hasta entonces en sombra clandestina. El jardín cargado de aromas, y aquellas notas de la noche, impregnadas de voluptuosidad y de pereza, y aquel rayo de Luna, y aquella soledad, y aquel misterio, traían como una evocación romántica de citas de amor en siglos de trovadores.

Don Juan Manuel se levantó del sillón y, vencido por una distracción extraña, comenzó a pasearse entenebrecido y taciturno. Temblaba el piso bajo su andar marcial, y temblaban las arcaicas consolas, que parecían altares con su carga rococó de efigies, fanales y floreros. —Los ojos de la niña seguían miedosos e inconscientes el ir y venir de aquella sombría figura: si el emigrado se acercaba a la luz, no se atrevían a mirarle; si se desvanecía en la penumbra le buscaban con ansia—. don Juan Manuel se detuvo en medio de la estancia. Rosarito bajó los párpados presurosa.

Sonriose el mayorazgo contemplando aquella rubia y delicada cabeza, que se inclinaba como lirio de oro, y después de un momento llegó a decir:

—¡Mírame, hija mía! ¡Tus ojos me recuerdan otros ojos que han llorado mucho por mí!

Tenía don Juan Manuel los gestos trágicos y las frases siniestras y dolientes de los seductores románticos. En su juventud había conocido a lord Byron, y la influencia del poeta inglés fuera en él decisiva.

Las pestañas de Rosarito rozaron la mejilla con tímido aleteo, y permanecieron inclinadas como las de una novicia. El emigrado sacudió la blanca cabellera, ¡aquella cabellera cuya novelesca historia tantas veces recordara la niña aquella noche! y fue a sentarse en el canapé.

—Si viniesen a prenderme, ¿tú qué harías?

¿Te atreverías a ocultarme en tu alcoba? ¡Una abadesa de San Payo salvó así la vida a tu abuelo!...

Rosarito no contestó. Ella, tan inocente, sentía el fuego del rubor en toda su carne. El viejo libertino la miraba intensamente cual si sólo buscase el turbarla sin más. La expresión de aquellos ojos verdes era a un tiempo sombría y fascinadora, inquietante y audaz; dijérase que infiltraban el amor como un veneno, que violaban las almas, y que robaban los besos a las bocas más puras. Después de un momento, añadió con amarga sonrisa:

—Escucha lo que voy a decirte. Si viniesen a prenderme, yo me haría matar. ¡Mi vida ya no puede ser ni larga ni feliz, y aquí tus manos piadosas me amortajarían!...

Cual si quisiese alejar sombríos pensamientos agitó la cabeza, con movimiento varonil y hermoso, y echó hacia atrás los cabellos que oscurecían su frente, una frente altanera y desguarnida que parecía encerrar todas las exageraciones y todas las demencias, lo mismo las del amor que las del odio, las celestes que las diabólicas... Rosarito murmuró casi sin voz:

—¡Yo haré una novena a la Virgen para que lo saque a usted con bien de tantos peligros!

Una onda de indecible compasión la ahogaba con ahogo dulcísimo.

Sentíase presa de confusión extraña: pronta a llorar, no sabía si de ansiedad, si de pena, si de ternura; conmovida hasta lo más hondo de su ser por conmoción oscura hasta entonces, ni gustada ni presentida. El fuego del rubor quemábale las mejillas; el corazón quería saltársele del pecho; un nudo de divina angustia oprimía su garganta y escalofríos misteriosos recorrían su carne. Temblorosa, con el temblor que la proximidad del hombre infunde en las vírgenes, quiso huir de aquellos ojos hipnóticos y dominadores que la miraban siempre, pero el sortilegio resistió. El emigrado la retuvo con un extraño gesto, tiránico y amante, y ella, llorosa, vencida, cubrióse el rostro con las manos, ¡aquellas hermosas manos de novicia, pálidas, místicas, ardientes!

CAPÍTULO VII

ROSARITO: CAP. VII.

CASI en el mismo instante la condesa apareció en en la puerta de la estancia, donde se detuvo jadeante y sin fuerzas.

—¡Rosarito, hija mía, ven a darme el brazo!...

Con la muleta apartaba el blasonado portier.

Rosarito se limpió los ojos y acudió velozmente. La noble señora apoyó la diestra, blanca y temblona, en el hombro de su nieta, y cobró aliento en un suspiro:

—¡Allá va en la rectoral ese bienaventurado de don Benicio!... Después sus ojos buscaron al emigrado.

—¿Tú, supongo, que hasta mañana no te pondrás en camino? Aquí estás seguro como no lo estarías en parte ninguna.

45

En los labios de don Juan Manuel asomó una sonrisa de hermoso desdén.

La boca de aquel hidalgo aventurero reproducía el gesto con que los grandes señores de otros tiempos desafiaban la muerte. Don Rodrigo Calderón debió de sonreír así sobre el cadalso; la condesa dejándose caer en el canapé añadió con suave ironía:

—He mandado disponer la habitación, en que, según las crónicas, vivió fray Diego de Cádiz cuando estuvo en el pazo. Paréceme que la habitación de un Santo es la que mejor conviene a vuesa mercé... Y terminó la frase con una sonrisa.

El mayorazgo se inclinó mostrando asentimiento burlón. Pasado un momento exclamó con cierta violencia:

—¡Diez leguas he andado por cuetos y vericuetos, y estoy más que molido, condesa!

Don Juan Manuel se había puesto en pie. La condesa le interrumpió, murmurando:

—¡Válgate Dios con la vida que traes! Pues es menester recogerse y cobrar fuerzas para mañana. —Después, volviéndose a su nieta, añadió—: Tú le alumbrarás y enseñarás el camino, pequeña.

Rosarito asintió con la cabeza, como hacen los niños tímidos, y fue a encender uno de los candelabros que había sobre la gran consola situada en frente del estrado. Trémula como una desposada, se adelantó hasta la puerta, donde hubo de esperar a que terminase el coloquio que el mayorazgo y la condesa sostenían en voz baja. Rosarito apenas percibía un vago murmullo. Suspirando, apoyó la cabeza en el marco y entornó los párpados. Sentíase presa de una turbación llena de palpitaciones tumultuosas y confusas. En aquella actitud de cariátide, parecía figura ideal detenida en el lindar de la otra vida. Estaba tan pálida y tan triste, que no era posible contemplarla un instante sin sentir anegado el corazón por la idea de la muerte... Su abuela la llamó:

—¿Qué te pasa, pequeña?

Rosarito por toda respuesta abrió los ojos, sonriendo tristemente. La anciana movió la cabeza con muestra de disgusto, y se volvió a don Juan Manuel:

—A ti aún espero verte mañana. El capellán nos dirá la misa de alba en la capilla y quiero que la oigas... El mayorazgo se inclinó, como pudiera hacerlo ante una reina. Después, con aquel andar altivo y soberano, que tan en consonancia estaba con la índole de su alma, atravesó la sala. Cuando el portier cayó tras él, la condesa de Cela tuvo que enjugarse algunas lágrimas.

—¡Qué vida, Dios mío! ¡Qué vida!...

CAPÍTULO VIII

L^A sala del pazo —aquella gran sa<u>a</u> adornada con cornucopias y retratos de generales, de damas y de obispos—, yace sumida en trémula penumbra.

La anciana condesa dormita en el canapé. Encima del velador parecen hacer otro tanto el bastón del mayorazgo, y la labor de Rosarito.

Tropel de fantasmas se agita entre los cortinones espesos. ¡Todo duerme! Mas he ahí, que de pronto la condesa abre los ojos y los fija con sobresalto en la puerta del jardín. Imagínase haber oído un grito en sueños, uno de esos gritos de la noche, inarticulados, y por demás, medrosos. Con la cabeza echada hacia delante y el ánimo acobardado y suspenso, permanece breves instantes en escucha... ¡Nada! El silencio es profundo. Solamente turba la quietud de la estancia el latir acompasado y menudo de un reloj que brilla en el fondo apenas esclarecido... La condesa ha vuelto a dormirse.

Un ratón sale de su escondite y atraviesa la sala con gentil y vivaz trotecillo. Las cornucopias le contemplan desde lo alto: parecen pupilas de monstruos ocultos en los rincones oscuros. El reflejo de la Luna penetra hasta el centro del salón: los daguerrotipos centellean sobre las consolas, apoyados en los jarrones llenos de rosas. Por intervalos se escucha la voz aflautada y doliente de un sapo que canta en el jardín. Es la media noche y la luz de la lámpara agoniza.

La condesa se despierta y hace la señal de la cruz.

De nuevo ha oído un grito, pero esta vez tan claro, tan distinto, que ya no duda. Requiere la muleta, y en actitud de incorporarse, escucha. Un gatazo negro, encaramado en el respaldo de una silla, acéchala con ojos lucientes. La condesa siente el escalofrío del miedo. Por escapar a esta obsesión de sus sentidos se levanta y sale de la estancia. El gatazo negro la sigue maullando lastimeramente: su cola fosca, su lomo enarcado, sus ojos fosforescentes le dan todo el aspecto de un animal embrujado y macabro. El corredor es oscuro. El golpe de la muleta resuena como en la desierta nave de una iglesia. Allá al final, una

puerta entornada deja escapar un rayo de luz...
La condesa de Cela llega temblando.

La cámara está desierta, parece abando-
nada. Por una ventana abierta, que cae al jardín,
alcánzanse a ver en esbozo fantástico masas de
árboles que se recortan sobre el cielo negro y
estrellado: la brisa nocturna estremece las bujías
de un candelabro de plata, que lloran sin consue-
lo en las doradas arandelas: aquella ventana
abierta sobre el jardín misterioso y oscuro tiene
algo de evocador y sugestivo. ¡Parece que alguno
acaba de huir por ella!... La condesa se detiene,
paralizada de espanto.

En el fondo de la estancia, el lecho de pa-
lo santo, donde durmiera cien años antes fray
Diego de Cádiz, dibuja sus líneas rígidas y seve-
ras a través de luengos cortinajes de damasco
antiguo, ese damasco carmesí que parece tener
algo de litúrgico, ¡tanto recuerda los viejos pen-
dones parroquiales! A veces una mancha negra
pasa corriendo sobre el muro: tomaríasela por la
sombra de un pájaro gigantesco: se la ve posarse
en el techo y deformarse en los ángulos; arrastrarse por el suelo y esconderse bajo las sillas; de
improviso, presa de un vértigo funambulesco,
otra vez salta al muro y galopa por él como una
araña... La condesa cree morir.

En aquella hora, en medio de aquel silencio, el rumor más leve acrecienta su alucinación. Un mueble que cruje; un gusano que carcome en la madera; el viento que se retuerce en el mainel de las ventanas, todo tiene para ella entonaciones trágicas o pavorosas, Encorvada sobre la muleta, tiembla con todos sus miembros. Se acerca al lecho; separa las cortinas, y mira. ¡Rosarito está allí..., inanimada, yerta, blanca! Dos lágrimas humedecen sus mejillas. Los ojos tienen la mirada fija y aterradora de los muertos. ¡Por su corpiño blanco corre un hilo de sangre!... El alfilerón de oro que momentos antes aún sujetaba la trenza de la niña, está bárbaramente clavado en su pecho, sobre el corazón. ¡La rubia cabellera extiéndese por la almohada, trágica, magdalénica!...

Villanueva de Arosa, abril de 1894

Del Misterio
(1895

¡Hay también un demonio familiar! Yo recuerdo que, cuando era niño, iba todas las noches a la tertulia de mi abuela una vieja que sabía estas cosas medrosas y terribles del misterio. Era una señora linajuda y devota que habitaba un caserón en la Rúa de los Plateros. Recuerdo que se pasaba las horas haciendo calceta tras los cristales de su balcón, con el gato en la falda. Doña Soledad Amarante era alta, consumida, con el cabello siempre fosco, manchado por grandes mechones blancos, y las mejillas descarnadas, esas mejillas de dolorida expresión que parecen vivir huérfanas de besos y de caricias. Aquella señora me infundía un vago terror, porque contaba que en el silencio de las altas horas oía el vuelo de las almas que se van, y que evocaba en el fondo de los espejos los rostros lívidos que miran con ojos agónicos. No, no olvidaré nunca la impresión que me causaba verla llegar al comienzo de la noche y sentarse en el sofá del estrado al par de mi abuela. Doña Soledad extendía un momento sobre el brasero las manos sarmentosas, luego sacaba la calceta de una bolsa de terciopelo carmesí y comenzaba la tarea. De tiempo en tiempo solía lamentarse:

—¡Ay Jesús!

Una noche llegó. Yo estaba medio dormido en el regazo de mi madre, y, sin embargo, sentí el peso magnético de sus ojos que me miraban. Mi madre también debió de advertir el maleficio de aquellas pupilas, que tenían el venenoso color de las turquesas, porque sus brazos me estrecharon más. Doña Soledad tomó asiento en el sofá, y en voz baja hablaron ella y mi abuela. Yo sentía la respiración anhelosa de mi madre, que las observaba queriendo adivinar sus palabras. Un reloj dio las siete.

Mi abuela se pasó el pañuelo por los ojos, y con la voz un poco insegura le dijo a mi madre:

—¿Por qué no acuestas a ese niño?

Mi madre se levantó conmigo en brazos, y me llevó al estrado para que besase a las dos señoras. Yo jamás sentí tan vivo el terror de doña Soledad. Me pasó una mano de momia por la cara y me dijo:

—¡Cómo te le pareces!

Y mi abuela murmuró al besarme:

—¡Reza por él, hijo mío!

Hablaban de mi padre, que estaba preso por legitimista en la cárcel de Santiago. Yo, conmovido, escondí la cabeza en el hombro de mi madre, que me estrechó con angustia:

—¡Pobres de nosotros, hijo!

Después me sofocó con sus besos, mientras

sus ojos, aquellos ojos tan bellos, se abrían sobre mí enloquecidos, trágicos:

—¡Hijo de mi alma, otra nueva desgracia nos amenaza!

Doña Soledad dejó un momento la calceta y murmuró con la voz lejana de una sibila:

—A tu marido no le ocurre ninguna desgracia.

Y mi abuela suspiró:

—Acuesta al niño.

Yo lloré aferrando los brazos al cuello de mi adre:

—¡No quiero que me acuesten! Tengo miedo de quedarme solo. ¡No quiero que me acuesten!...

Mi madre me acarició con una mano nerviosa, que me hacía daño, y luego, volviéndose a las dos señoras, suplicó sollozante:

—¡No me atormenten! Díganme qué le sucede a marido. Tengo valor para saberlo todo.

Doña Soledad alzó sobre nosotros la mirada, aquella mirada que tenía el color maléfico de las turquesas, y habló con la voz llena de misterio, mientras sus dedos de momia movían las agujas de la calceta:

—¡Ay Jesús!... A tu marido nada le sucede. Tiene demonio que le defiende. Pero ha derramado sangre...

Mi madre repitió en voz baja y monótona, como el alma estuviese ausente:

—¿Ha derramado sangre?

—Esta noche huyó de la cárcel matando al carcelero. Lo he visto en mi sueño.

Mi madre reprimió un grito y tuvo que sentarse para no caer. Estaba pálida, pero en sus ojos había fuego de una esperanza trágica. Con las manos juntas interrogó:

—¿Se ha salvado?

—No sé.

—¿Y no puede usted saberlo?

—Puedo intentarlo.

Hubo un largo silencio. Yo temblaba en el regazo mi madre, con los ojos asustados puestos en doña Soledad. La sala estaba casi a oscuras. En la calle cantaba el violín de un ciego, y el esquilón de las monjas volteaba anunciando la novena. Doña Soledad se levantó del sofá y andando sin ruido la vimos alejarse hacia el fondo de la sala, donde su sombra casi se desvaneció. Advertíase apenas la figura negra y la blancura de las manos inmóviles, en alto. Al poco comenzó a gemir débilmente, como si soñase.

Yo, lleno de terror, lloraba quedo, y mi madre, oprimiéndome la boca, me decía ronca y trastornada:

—Calla, que vamos a saber de tu padre.

Yo me limpiaba las lágrimas para seguir viendo en la sombra la figura de doña Soledad. Mi madre interrogó con la voz resuelta y sombría:

—¿Puede verle?

—Sí... Corre por un camino lleno de riesgos, ahora solitario. Va solo por él... Nadie le sigue. Se ha detenido en la orilla de un río y teme pasarlo. Es un río como un mar...

—¡Virgen mía, que no lo pase!

—En la otra orilla hay un bando de palomas blancas.

—¿Está en salvo?

—Sí... Tiene un demonio que le protege. La sombra del muerto no puede nada contra él. La sangre que derramó su mano, ya la veo caer gota a gota sobre una cabeza inocente...

Una puerta batió lejos. Todos sentimos que alguien entraba en la sala. Mis cabellos se erizaron. Un aliento frío me rozó la frente, y los brazos invisibles de un fantasma quisieron arrebatarme del regazo de mi madre.

Me incorporé asustado, sin poder gritar, y en el fondo nebuloso de un espejo vi los ojos de la muerte y surgir poco a poco la mate lividez del rostro, y la figura con sudario y un puñal en la garganta sangrienta. Mi madre, asustada viéndome temblar, me estrechaba contra su pecho. Yo le mostré el espejo, pero ella no vio nada. Doña Soledad dejó caer los brazos, hasta entonces inmóviles en alto, y desde el otro extremo de la sala, saliendo de las tinieblas como de un sueño, vino hacia nosotros. Su voz de sibila parecía venir también de muy lejos:

—¡Ay Jesús! Sólo los ojos del niño le han visto. La sangre cae gota a gota sobre la cabeza inocente. Vaga en torno suyo la sombra vengativa del muerto. Toda la vida irá tras él. Hallábase en pecado cuando dejó el mundo, y es una sombra infernal. No puede perdonar. Un día desclavará el puñal que lleva en la garganta para herir al inocente.

Mis ojos de niño conservaron mucho tiempo el espanto de lo que entonces vieron, y mis oídos han vuelto a sentir muchas veces las pisadas del fantasma que camina a mi lado implacable y funesto, sin dejar que mi alma, toda llena de angustia, toda rendida al peso de torvas pasiones y anhelos purísimos, se asome fuera de la torre, donde sueña cautiva hace treinta años. ¡Ahora mismo estoy oyendo las silenciosas pisadas del Alcaide Carcelero!

Fue Satanás

(1902)

Por aquel entonces, conocí a la princesa Gaetani. Había sido amiga de mi madre, y me recibió en su palacio con exquisita cortesía. Tenía cinco hijas, que la rodeaban en el estrado, como en una Corte de Amor. No tardé en sentirme enamorado de la mayor, que se llamaba María Rosario. Su recuerdo, a pesar de los años y de la vejez, aun pone en mis ojos un vapor de lágrimas. ¡Qué triste fue para mí aquella tarde de otoño, cuando la vi por última vez!

María Rosario estaba en el fondo de un salón llenando de rosas los floreros de la capilla.

Cuando yo entré quedose un momento indecisa: sus ojos miraron medrosos hacia la puerta, y luego se volvieron a mí con un ruego tímido y ardiente.

Llenaba en aquel momento el último florero, y sobre sus manos deshojose una rosa.

Yo entonces le dije, sonriendo:

—¡Hasta las rosas se mueren por besar vuestras manos!

Ella también sonrió contemplando las hojas que había entre sus dedos, y después con leve soplo las hizo volar. Quedamos silenciosos: era la caída de la tarde y el sol doraba una ventana con sus últimos reflejos: los cipreses del jardín levan-

taban sus cimas pensativas en el azul del crepúsculo, al pie de la vidriera iluminada. Den-tro
apenas se distinguía la forma de las cosas, y en
el recogimiento del salón las rosas esparcían un
perfume tenue y las palabras morían lentamente
igual que la tarde. Mis ojos buscaban los ojos de
María Rosario con el empeño de apri-sionarlos
en la sombra. Ella suspiró angustiada como si el
aire le faltase, y apartándose el cabello con am-
bas manos, huyó hacia la ventana. Yo, temeroso
de asustarla, no intenté seguirla, y sólo le dije
después de un largo silencio:

—¿No me daréis una rosa?

Volviose lentamente y repuso con voz tenue:

—Si la queréis...

Dudó un instante y de nuevo se acercó.
Procuraba mostrarse serena, pero yo veía temblar sus manos sobre los floreros al elegir la
rosa. Con una sonrisa llena de angustia me dijo:

—Os daré la mejor.

Ella seguía buscando en los floreros. Yo
suspiré romántico:

—La mejor está en vuestros labios.

Me miró apartándose pálida y angustiada.

—No sois bueno... ¿Por qué me decís esas
cosas?

—Por veros enojada.

—¡Algunas veces me parecéis el demonio...!

—El demonio no sabe querer.

Quedose silenciosa. Apenas podía distinguirse su rostro en la tenue claridad del salón, y sólo supe que lloraba cuando estallaron sus sollozos. Me acerqué queriendo consolarla:

—¡Oh...! Perdóname.

Y mi voz fue tierna, apasionada y sumisa. Yo mismo, al oírla, sentí un extraño poder de seducción. Era llegado el momento supremo, y presintiéndolo, mi corazón Se estremecía con el ansia de la espera cuando está próxima una gran ventura. María Rosario cerraba los ojos con espanto, como al borde de un abismo. Su boca descolorida parecía sentir una voluptuosidad angustiosa. Yo cogí sus manos que estaban yertas: ella me las abandonó sollozando, con un frenesí doloroso.

—¿Por qué os gozáis en hacerme sufrir...? ¡Si sabéis que todo es imposible...!

—¡Imposible...! Yo nunca esperé conseguir vuestro amor... ¡Ya sé que no lo merezco...! Solamente quiero pediros perdón y oír de vuestros labios que rezaréis por mí cuando esté lejos.

—¡Callad...! ¡Callad...!

—Os contemplo tan alto, tan lejos de mí,

tan ideal, que juzgo vuestras oraciones como las de una santa.

—¡Callad...! ¡Callad...!

—Mi corazón agoniza sin esperanza. Acaso podré olvidaros: pero tened seguro que este amor habrá sido para mí como un fuego purificador.

—¡Callad...! ¡Callad...!

Yo tenía lágrimas en los ojos, y sabía que cuando se llora las manos pueden arriesgarse a ser audaces. ¡Pobre María Rosario! Quedose pálida como una muerta, y pensé que iba a desmayarse en mis brazos. Aquella niña era una santa, y viéndome a tal extremo desgraciado, no tenía valor para mostrarse más cruel conmigo. Cerraba los ojos y gemía agobiada:

—¡Dejadme...! ¡Dejadme...!

Yo murmuré:

—¿Por qué me aborrecéis tanto?

Me miró despavorida como si al sonido de mi voz se despertase, y arrancándose de mis brazos huyó hacia la ventana que doraban todavía los últimos rayos del sol. Apoyó la frente en los cristales y comenzó a sollozar. En el jardín se levantaba el canto de un ruiseñor que evocaba, en la sombra azul de la tarde, un recuerdo ingenuo de santidad.

¡Entra...! ¡Entra...!

María Rosario llamaba a la más niña de

sus hermanas, que, con una muñeca en brazos, asomaba en la puerta del salón.

—¡Entra...! ¡Entra...!

La llamaba afanosa, tendiéndole los brazos desde el fondo de la ventana.

La niña, sin moverse, le mostró la muñeca.

—Me la hizo Polonio.

—Ven a enseñármela.

—¿No la ves así?

—No, no la veo.

María Nieves acabó por decidirse y entró corriendo: los cabellos flotaban sobre su espalda como una nube de oro. Era llena de gentileza, con movimientos de pájaro, alegres y ligeros: María Rosario, viéndola llegar, sonreía, cubierto el rostro de rubor y sin secar las lágrimas. Inclinose para besarla y la niña se le colgó del cuello, hablándole al oído.

—¡Si le hicieses un vestido a mi muñeca!

—¿Cómo lo quieres...?

—Azul.

María Rosario le acariciaba los cabellos reteniéndola a su lado. Yo veía cómo sus dedos trémulos desaparecían bajo la infantil y olorosa crencha. En voz baja le dije:

—¿Qué temíais de mí?

Sus mejillas llamearon.

—Nada...

Y aquellos ojos, no he visto otros hasta ahora, ni los espero ver ya, tuvieron para mí una mirada tímida y amante. Callábamos conmovidos, y la niña empezó a referirnos la historia de su muñeca. Se llamaba Golanda, y era una princesa. Cuando le hiciesen aquel vestido azul le pondrían también una corona. María Nieves hablaba sin descanso: sonaba su voz con un murmullo alegre, continuo, como el barboteo de una fuente. Recordaba cuántas muñecas había tenido, y quería contar la historia de todas. Unas habían sido princesas, otras pastoras. Eran largas historias contusas, donde se repetían continuamente las mismas cosas. La niña extraviábase en aquellos relatos como en el jardín encantado del ogro las tres niñas hermanas, Andara, Magalona y Aladina... De pronto huyó de nuestro lado. María Rosario la llamó sobresaltada:

—¡Ven...! ¡No te vayas!

—No me voy.

Corría por el salón, y la cabellera de oro le revoloteaba sobre los hombros. Como cautivos, la seguían a todas partes los ojos de María Rosario: volvió a suplicarle:

—¡No te vayas...!

—¡Si no me voy!

La niña hablaba desde el fondo oscuro del

salón. María Rosario respiraba anhelante llamando a su hermana:

—¡Ven, hermana...! ¡Ven!

Y le tendía los brazos: la niña acudió corriendo. María Rosario la estrechó contra su pecho alzándola del suelo, pero estaba tan desfallecida de fuerzas, que apenas podía sostenerla, y suspirando con fatiga tuvo que sentarla sobre el alféizar de la ventana. Los rayos del sol poniente circundaron como una aureola la cabeza infantil: la crencha sedeña y olorosa fue como onda de luz sobre los hombros. La niña estaba sobre el alféizar, como un arcángel en una antigua vidriera. El recuerdo de aquel momento aun pone en mis mejillas un frío de muerte. Ante nuestros ojos espantados se abrió la ventana, con ese silencio de las cosas inexorables, que están determinadas en lo invisible, y han de suceder por un destino fatal y cruel. La figura de la niña, inmóvil sobre el alféizar, se destacó un momento sobre el azul del cielo donde palidecían las primeras estrellas, y cayó al jardín, cuando llegaban a tocarla los brazos de la hermana.

— ¡Fue Satanás...! ¡Fue Satanás...!

Aún resuenan en mis oídos los gritos angustiados de María Rosario:

—¡Fue Satanás...! ¡Fue Satanás...!

La niña estaba inerte sobre la escalinata.

El rostro aparecía entre el velo de los cabellos, blanco como un lirio, y de la rota sien manaba el hilo de sangre que los iba empapando. La hermana, como una poseída, gritaba:

—¡Fue Satanás...! ¡Fue Satanás...!

Levanté a la niña en brazos, y sus ojos se abrieron un momento llenos de tristeza. La cabeza ensangrentada y blanca rodó yerta sobre mi hombro, y los ojos se cerraron de nuevo, lentos como dos agonías. Los gritos locos de la hermana resonaban en el silencio del jardín:

—¡Fue Satanás...! ¡Fue Satanás...!

La cabellera de oro, aquella cabellera fluida como la luz, olorosa como una huerta, estaba negra de sangre. Yo la sentí pesar sobre mi hombro semejante a la fatalidad en un destino trágico. Con la niña en brazos subí la escalinata. En lo alto salió a mi encuentro el coro angustiarlo de las hermanas. Yo escuché su llanto y sus gritos, yo sentí la muda interrogación de aquellos rostros pálidos que tenían el espanto en los ojos. Los brazos se tendían hacia mí desesperados, y ellos recogieron el cuerpo de la hermana, y lo llevaron hacia el palacio. Yo quedé inmóvil, sin valor para ir detrás, contemplando la sangre que tenía en las manos. Desde el fondo de las estancias llegaba hasta mí el lloro de las hermanas, y los gritos, ya roncos, de aquella que clamaba enloquecida:

—¡Fue Satanás...! ¡Fue Satanás...!

Sentí miedo. Bajé a las caballerizas, y con ayuda de un criado enganché los caballos a la silla de posta. Partí al galope. Al desaparecer bajo el arco de la plaza, volví los ojos llenos de lágrimas para enviarle un adiós al palacio Gaetani. En la ventana, siempre abierta, me pareció distinguir una sombra trágica y desolada. ¡Pobre sombra envejecida, arrugada, miedosa, que vaga todavía por aquellas estancias, y todavía cree verme acechándola en la oscuridad! Me contaron que ahora, al cabo de tantos años, ya repite sin pasión, sin duelo, con la monotonía de una vieja que reza:

—¡Fue Satanás...! ¡Fue Satanás...!

FIN

Valle Inclán retratado por Ignacio Zuloaga

El Miedo

(1902)

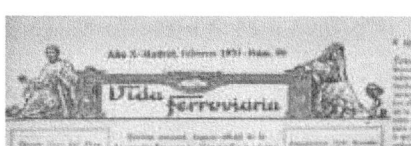

Ese largo y angustioso escalofrío que parece mensajero de la muerte, el verdadero escalofrío del miedo, só-lo lo he sentido una vez. Fue hace muchos años, en aquel hermoso tiempo de los mayorazgos, cuando se hacía información de nobleza para ser militar. Yo acababa de obtener los cordones de Caballero Cadete. Hubiera preferido entrar en la Guardia de la Real Persona; pero mi madre se oponía, y siguiendo la tradición familiar, fui granadero en el Regimiento del Rey. No recuerdo con certeza los años que hace, pero entonces apenas me apuntaba el bozo y hoy ando cerca de ser un viejo caduco. Antes de entrar en el Regimiento mi madre quiso echarme su bendi-ción. La pobre señora vivía retirada en el fondo de una aldea, donde estaba nuestro pazo sola-riego, y allá fui sumiso y obediente.

La misma tarde que llegué mandó en busca del prior de Brandeso para que viniese a confesarme en la capilla del Pazo. Mis hermanas María Isabel y María Fernanda, que eran unas niñas, bajaron a coger rosas al jardín, y mi madre llenó con ellas los floreros del altar. Después me llamó en voz baja para darme su devocionario y decirme que hiciese examen de conciencia:

—Vete a la tribuna, hijo mío. Allí estarás mejor...

La tribuna señorial estaba al lado del Evangelio y comunicaba con la biblioteca. La capilla era húmeda, tenebrosa, resonante. Sobre el retablo campeaba el escudo concedido por ejecutorias de los Reyes Católicos al señor de Bradomín, Pedro Aguiar de Tor, llamado El Chivo y también El Viejo. Aquel caballero estaba enterrado a la derecha del altar. El sepulcro tenía la estatua orante de un guerrero. La lámpara del presbiterio alumbraba día y noche ante el retablo, labrado como joyel de reyes. Los áureos racimos de la vid evangélica parecían ofrecerse cargados de fruto.

El santo tutelar era aquel piadoso Rey Mago que ofreció mirra al Niño Dios. Su túnica de seda bordada de oro brillaba con el resplandor devoto de un milagro oriental. La luz de la lámpara, entre las cadenas de plata, tenía tímido aleteo de pájaro prisionero como si se afanase por volar hacia el Santo.

Mi madre quiso que fuesen sus manos las que dejasen aquella tarde a los pies del Rey Mago los floreros cargados de rosas como ofrenda de su alma devota. Después, acompañada de mis hermanas, se arrodilló ante el altar. Yo, desde la tribuna, solamente oía el murmullo de su voz, que guiaba moribunda las avemarías; pero cuando a las niñas les tocaba responder, oía todas las palabras rituales de la oración. La tarde agonizaba y los rezos resonaban en la silenciosa oscuridad de la capilla, hondos, tristes y augustos, como un eco de la Pasión. Yo me adormecía en la tribuna. Las niñas fueron a sentarse en las gradas del altar. Sus vestidos eran albos como el lino de los paños litúrgicos. Ya sólo distinguía una sombra que rezaba bajo la lámpara del presbiterio. Era mi madre, que sostenía entre sus manos un libro abierto y leía con la cabeza inclinada.

De tarde en tarde, el viento mecía la cortina de un alto ventanal. Yo entonces veía en el cielo, ya oscura, la faz de la luna, pálida y sobrenatural como una diosa que tiene su altar en los bosques y en los lagos...

Mi madre cerró el libro dando un suspiro, y de nuevo llamó a las niñas. Vi pasar sus sombras blancas a través del presbiterio y columbré que se arrodillaban a los lados de mi madre. La luz de la lámpara temblaba con un débil resplandor sobre las manos que volvían a sostener abierto el libro.

En el silencio la voz leía piadosa y lenta. Las niñas escuchaban. y adiviné sus cabelleras sueltas sobre la albura del ropaje y cayendo a los lados del rostro iguales, tristes, nazarenas. Habíame adormecido, y de pronto me sobre-saltaron los gritos de mis hermanas. Miré y las vi en medio del presbiterio abrazadas a mi madre. Gritaban despavoridas. Mi madre las asió de la mano y huyeron las tres. Bajé presuroso. Iba a seguirlas y quedé sobrecogido de terror. En el sepulcro del guerrero se entrechocaban los huesos del esqueleto. Los cabellos se erizaron en mi frente. La capilla había quedado en el mayor silencio, y oíase distintamente el hueco y medroso rodar de la calavera sobre su almohada de piedra. Tuve miedo como no lo he tenido jamás, pero no quise que mi madre y mis hermanas me creyesen cobarde, y permanecí inmóvil en medio del presbiterio, con los ojos fijos en la puerta entreabierta. La luz de la lámpara oscilaba. En lo alto mecíase la cortina de un ventanal, y las unbes pasaban sobre la luna, y las estrellas se encendían y se apagaban como nuestras vidas. De pronto, allá lejos, resonó festivo ladrar de perros y música de cascabeles.

Una voz grave y eclesiástica llamaba:

—¡Aquí, Carabel! ¡Aquí, Capitán...!

Era el prior de Brandeso que llegaba para confesarme. Después oí la voz de mi madre trémula y asustada, y percibí distintamente la carrera retozona de los perros. La voz grave y eclesiástica se elevaba lentamente, como un canto gregoriano:

—Ahora veremos qué ha sido ello... Cosa del otro mundo no lo es, seguramente... ¡Aquí, Carabel! ¡Aquí, Capitán...!

Y el prior de Brandeso, precedido de sus lebreles, apareció en la puerta de la capilla:

—¿Qué sucede, señor Granadero del Rey?

Yo repuse con voz ahogada:

—¡Señor Prior, he oído temblar el esqueleto dentro del sepulcro...!

El prior atravesó lentamente la capilla. Era un hombre arrogante y erguido.

En sus años juveniles también había sido Granadero del Rey. Llegó hasta mí, sin recoger el vuelo de sus hábitos blancos, y afirmándome una mano en el hombro y mirándome la faz descolorida, pronunció gravemente:

—¡Que nunca pueda decir el prior de Brandeso que ha visto temblar a un granadero del Rey...!

No levantó la mano de mi hombro, y permanecimos inmóviles, contemplándonos sin hablar. En aquel silencio oímos rodar la calavera del guerrero. La mano del prior no tembló. A nuestro lado los perros enderezaban las orejas con el cuello espeluznado. De nuevo oímos rodar la calavera sobre su almohada de piedra. El prior se sacudió:

—¡Señor granadero del rey, hay que saber si son trasgos o brujas!

Y se acercó al sepulcro y asió las dos anillas de bronce empotradas en una de las losas, aquella que tenía el epitafio. Me acerqué temblando. El prior me miró sin despegar los labios. Yo puse mi mano sobre la suya en una anilla y tiré. Lentamente alzamos la piedra. El hueco, negro y frío, quedó ante nosotros. Yo vi que la árida y amarillenta calavera aún se movía. El prior alargó un brazo dentro del sepulcro para cogerla. La recibí temblando. Yo estaba en medio del presbiterio y la luz de la lámpara caía sobre mis manos. Al fijar los ojos las sacudí con horror. Tenía entre ellas un nido de culebras que se desanillaron silbando, mientras la calavera rodaba por todas las gradas del presbiterio. El prior me miró con sus ojos de guerrero que fulguraban bajo la capucha como bajo la visera de un casco:

—Señor granadero del rey, no hay absolución... ¡Yo no absuelvo a los cobardes!

Y con rudo empaque salió sin recoger el vuelo de sus blancos hábitos talares. Las palabras del prior de Brandeso resonaron mucho tiempo en mis oídos. Resuenan aún. ¡Tal vez por ellas he sabido más tarde sonreír a la muerte como a una mujer!

Milón de la Arnoya

(1903)

Una tarde, en tiempo de vendimias, se presentó en el cercado de nuestra casa una moza alta, flaca, renegrida, con el pelo fosco y los ojos ardientes, cavados en el cerco de las ojeras. Venía clamorosa y anhelando:

—¡Dadme amparo contra un rey de moros que me tiene presa! ¡Soy cautiva de un Iscariote!

Sentose a la sombra de un carro desuncido y comenzó a recogerse la greña. Después llegose al dornajo donde abrevaban los ganados y se lavó una herida que tenía en la sien. Serenín de Bretal, un viejo que pisaba la uva en una tinaja, se detuvo limpiándose el sudor con la mano roja del mosto:

—¡Cativos de nos! Si has menester amparo clama a la justicia. ¿Qué amparo podemos darte acá? ¡Cativos de nos!

Suplicó la mujer:

—¡Vedme cercada de llamas! ¿No hay una boca cristiana que me diga las palabras benditas que me liberten del enemigo?

Interrogó una vieja:

— ¿Tú no eres de esta tierra?

Sollozó la renegrida:

—Soy cuatro leguas arriba de Santiago. Vine a esta tierra por me poner a servir, y cuando estaba buscando amo caí con el alma en el cautiverio de Satanás. Fue un embrujo que me hicieron en una manzana reneta. Vivo en pecado con un mozo que me arrastra por las trenzas. Cautiva me tiene, que yo nunca le quise, y sólo deseo verle muerto. ¡Cautiva me tiene con sabiduría de Satanás!

Las mujeres y los viejos se santiguaron con un murmullo piadoso, pero los mozos relincharon como chivos barbudos, saltando en las tinajas, sobre los carros de la vendimia, rojos, desnudos y fuertes. Gritó Pedro el Amelo, del Lugar de Condes:

—¡Jujurujú! No te dejes apalpar y hacer las cosquillas, y verás cómo se te vuela el enemigo.

Resonaron las risas alegres y bárbaras. Las mozas, un poco encendidas, bajaban la frente y mordían el nudo de sus pañuelos. Los mozos, en lo alto de los carros, renovaban los brincos y los aturujos, pisando la uva. Pero de pronto cesó la fiesta. Mi abuela acababa de asomar en el patín, arrastrando su pierna gotosa y apoyada en el brazo de Micaela la Galana. Era doña Dolores Saco, mi abuela materna, una señora caritativa y orgullosa, alta, seca y muy a la antigua. La moza renegrida se volvió hacia el patín con los brazos en alto:

—¡Concédame su amparo, noble señora!

A mi abuela le temblaba la barbeta. Con un dejo autoritario interrogó:

—¿Qué amparo pides, moza?

—¡Contra un rey de moros! Vengo escapada de la cueva del monte, donde me tenía presa.

Micaela la Galana murmuró al oído de mi abuela:

—¡Parece privada, Misia Dolores!

Y mi abuela levantó su lente de concha y tornó a interrogar, mirando a la moza:

—¿A quién llamas tú rey de moros?

—¡Rey de moros talmente, mi señora!

—Habla sin voces.

Gimió la renegrida:

—¡Me tiene cautiva con sabiduría de Satanás!

Intervino el viejo Serenín de Bretal:

—La señora quiere saber cómo se llama el mozo que te tiene en su dominio, y de dónde es nativo.

La renegrida levantaba los brazos, temblorosa y ronca:

—Milón de la Arnoya. ¿Nunca tenéis oído de él? Milón de la Arnoya.

Milón de la Arnoya era un jayán perseguido por la justicia, que vivía enfoscado en el monte, robando por siembras y majadas. En casa de mi abuela, cuando los criados se juntaban al anochecido para desgranar mazorcas, siempre salía el cuento de Milón de la Arnoya. Unas veces había sido visto en alguna feria, otras por caminos, otras, como el raposo, rondando alrededor de la aldea. Y Serenín de Bretal, que tenía un rebaño de ovejas, solía contar cómo robaba los corderos en las Gándaras de Barbanza. El nombre de aquel bigardo perseguido por la justicia había puesto una sombra en todos los rostros. Solamente mi abuela tuvo una sonrisa desdeñosa:

—Ese malvado, si viene por ti, no habrá de llevarte. ¡Quedas recibida en mi casa, moza!

Se levantó un murmullo en loa de mi abuela. La renegrida dió las gracias humildemente y fue a sentarse al arrimo del patín, con la cabeza cubierta. A lo lejos resonaban las voces de la vendimia. Una larga hilera de carros venía por la calzada. Mozas descalzas y encendidas caminaban delante, animando la yunta de los bueyes dorados: Otras venían en las tinajas, las bocas llenas de cantos y de risas, teñidas del zumo de las uvas. Los carros entraron lentamente en el cercado: Detrás del último apareció un mendigo todo en harapos. Era velludo y fuerte. La renegrida, que tenía la cabeza cubierta, se levantó como si le hubiese adivinado. Temblaba lívida y sombría.

—¡Perverso, ciencia de brujos te encaminó a esta puerta! ¡No rías, boca de Satanás!

El hombre no se movió del umbral. Furtivo, tendió la vista en torno, y volviéndola a la tierra suspiró.

—Una sed de agua para un pobre que va de camino.

La renegrida gritó:

—Ese que vos habla es Milón de la Arnoya. ¡Ahí le tenéis! ¡De sed perezcas como un can rabioso, Milón de la Arnoya!

Se habían acallado todas las voces. Las mujeres miraban al mendigo llenas de curioso sobresalto y los hombres con recelo. Algunos empuñaban las picas de acuciar las yuntas. En lo alto del patín, mi abuela, abandonando el brazo en que se apoyaba, habíase erguido, seca y enérgica, con la barbeta siempre temblona. Se oyó su voz autoritaria:

—Socorred a ese hombre, y que se vaya.

Milón de la Arnoya apenas levantó la frente obstinada:

—Misia Dolores, esa mujer es mi perdición. Ningún mal puede contar de mí. Habla la verdad de toda cosa, Gaitana.

La renegrida se retorció los brazos:

—¡Arrenegado seas, tentador! ¡Arrenegado seas!

Los ojos hundidos y apagados de mi abuela se avivaron con una llama de cólera:

—Mozos, echad a ese malvado de mi puerta.

Remigio de Bealo y Pedro el Arnelo se dirigieron a la cancela del cercado, pero el otro les contuvo hablando torvo y plañidero:

—¡Aguardad, que ya me voy! Más hermandad se ve entre los lobos que entre los hombres. Se alejó. La renegrida, derribada en tierra, se retorcía con la boca espumante, y las vendimiadoras la rodeaban, sujetándola para que no se desgarrase las ropas. Serenín de Bretal trajo agua del pozo. Micaela la Galana bajó con un rosario, y en aquel momento oyéronse grandes voces que daba en la calzada Milón de la Arnoya. Eran unas voces como alaridos de alimaña montés, y la renegrida al oírlas se levantó en medio del corro de las mujeres, antes de que la hubiesen tocado con el rosario bendito. Espumante, ululante, mostrando entre jirones la carne convulsa, rompió por entre los carros de la vendimia y desapareció. Acudieron todos a la cancela y la vieron juntarse con Milón de la Arnoya. Después contaron que el forajido prendiéndola de las trenzas, se la llevó arrastrando a su cueva del monte, y algunos dijeron que se habían sentido en el aire las alas de Satanás. Yo solamente vi, cuando anocheció y salió la luna, un búho sobre un ciprés.

Santa Baya de Cristamilde

(1904)

I

Doña Micaela de Ponte y Andrade, hermana de mi abuelo, tenía los demonios en el cuerpo, y como los exorcismos no bastaban a curarla, decidiose en consejo de fa-milia, que presidió el abad de Brandeso, llevarla a la romería de Santa Baya de Cristamilde. Fui-mos dándole escolta yo y un criado viejo. Salimos a la media tarde para llegar a la media noche, que es cuando se celebra la misa de las endemoniadas.

II

Santa Baya de Cristamilde está al otro la-do del monte, allá en los arenales donde el mar brama. Todos los años acuden a su fiesta muchos devotos. Por veces a lo largo de la vereda, hálla-se un mendigo que camina arrastrándose, con las canillas echadas a la espalda. Se ha puesto el sol, y dos bueyes cobrizos beben al borde de una charca. En la lejanía se levanta el ladrido de los perros vigilantes en los pajares. Sale la luna y el mochuelo canta escondido en un castañar. Cuando comenzamos a subir el monte es noche cerrada, y el criado, para arredrar a los lobos, enciende un farol. Delante va una caravana de mendigos: se oyen sus voces burlonas y descreídas: como cordón de orugas se arrastran a lo largo del camino. Unos son ciegos, otros tullidos, otros lazarados. Todos ellos comen del pan ajeno. Van por el mundo sacudiendo vengativos su miseria y rascando su podre a la puerta del rico avariento: una mujer da el pecho a su niño, cubierto de lepra, otra empuja el carro de un paralítico: en las alforjas de un asno viejo y lleno de mataduras van dos monstruos: las cabezas son deformes, las manos palmípedas.

Al descender del monte, el camino se convierte en un vasto arenal de áspera y crujiente arena. El mar se estrella en las restingas, y de tiempo en tiempo una ola gigante pasa sobre el lomo deforme de los peñascos que la resaca deja en seco: el mar vuelve a retirarse bramando, y allá en el confín vuelve a erguirse negro y apocalíptico, crestado de vellones blancos: guarda en su flujo el ritmo potente y misterioso del mundo. La caravana de mendigos descansa a lo largo del arenal. Las endemoniadas lanzan gritos estridentes al subir la loma donde está la ermita y cuajan espuma sus bocas blasfemas: los devotos aldeanos que las conducen tienen que arrastrarlas. Bajo el cielo anubarrado y sin luna, graznan las gaviotas. Son las doce de la noche y comienza la misa. Las endemoniadas gritan retorciéndose:

—¡Santa tiñosa, arráncale los ojos al abad!

Y con el cabello desmadejado y los ojos saltantes, pugnan por ir hacia el altar. A los aldeanos más fornidos les cuesta trabajo sujetarlas: las endemoniadas jadean roncas, con los corpiños rasgados, mostrando la carne lívida de los hombros y de los senos: entre sus dedos quedan enredados manojos de cabellos. Los gritos sacrílegos no cesan durante toda la misa:

—¡Santa Baya, tienes un can rabioso que te visita en la cama!

Terminada la misa, todas las posesas del mal espíritu son despojadas de sus ropas y conducidas al mar, envueltas en lienzos blancos. Las endemoniadas, enfrente de las olas, aúllan y se resisten enterrando los pies en la arena. El lienzo que las cubre cae, y su lívida desnudez surge como un gran pecado legendario, calenturiento y triste. La ola negra y bordeada de espumas se levanta para tragarlas y sube por la playa, y se despeña sobre aquellas cabezas greñudas y aquellos hombros tiritantes. El pálido pecado de la carne se estremece, y las bocas sacrílegas escupen el agua salada del mar. La ola se retira dejando en seco las peñas, y allá en el confín vuelve a encresparse cavernosa y rugiente. Son sus embates como las tentaciones de Satanás contra los santos. Sobre la capilla vuelan graznando las gaviotas, y un niño, agarrado a la cadena, hace sonar el esquilón. La santa sale en sus andas procesionales, y el manto bordado de oro, y la corona de reina, y las ajorcas de muradana resplandecen bajo las estrellas. Prestes y monagos recitan gravemente sus latines, y las endemoniadas, entre las espumas de una ola, claman blasfemas:

¡Santa tiñosa!

¡Santa rabuda!

¡Santa salida!

¡Santa preñada!

Los aldeanos, arrodillados en la playa, cuentan las olas: son siete las que habrá de recibir cada poseída para verse libre de los malos espíritus y salvar su alma de la cárcel oscura del infierno: ¡son siete como los pecados del mundo!

III

Al amanecer volvimos a tomar el camino ya de retorno. Oíase leja-no el canto de otros romeros que iban por los atajos.

Mi tía no daba tregua a los suspiros, unos suspiros largos y penetrantes de vieja histérica. Murió a pocos días tan cristiana, que sus sobrinas todavía recuerdan edificadas el milagro.

BEATRIZ (Satanás)

(1907)

BEATRIZ

SATANĂS

RAMON MARIA, DEL VALLÉ

INCLAN

Capítulo I

Cercaba el palacio un jardín señorial, lleno de noble recogimiento. Entre mirtos seculares blanqueaban esta-tuas de dioses. ¡Pobres estatuas mutiladas! Los cedros y los laureles cimbreaban con augusta melancolía sobre las fuentes abandonadas. Algún tritón, cubierto de hojas, borboteaba a intervalos su risa quimérica, y el agua temblaba en la sombra, con latido de vida misteriosa y encantada.

La condesa casi nunca salía del palacio. Contemplaba el jardín desde el balcón plateresco de su alcoba, y con la sonrisa amable de las devotas linajudas, le pedía a fray Ángel, su capellán, que cortase las rosas para el altar de la capilla. Era muy piadosa la condesa. Vivía como una priora noble retirada en las estancias tristes y silenciosas de su palacio, con los ojos vueltos hacia el pasado.

¡Ese pasado que los reyes de armas poblaron de leyendas heráldicas! Carlota Elena, Aguiar y Bolaño, condesa de Porta-Dei, las aprendiera cuando niña deletreando los rancios nobiliarios. Descendía de la casa de Barbanzón, una de las más antiguas y esclarecidas, según afirman ejecutorias de nobleza y cartas de hidalguía signadas por el Señor rey don Carlos I. La condesa guardaba como reliquias aquellas páginas infanzonas aforradas en velludo carmesí, que de los siglos pasados hacían gallarda remembranza con sus grandes letras floridas, sus orlas historiadas, sus grifos heráldicos, sus emblemas caballerescos, sus cimeras empenachadas y sus escudos de diez y seis cuarteles, miniados con paciencia monástica, de gules y de azur, de oro y de plata, de sable y de sinople.

La condesa era unigénita del célebre marqués de Barbanzón, que tanto figuró en las guerras carlistas. Hecha la paz después de la traición de Vergara —nunca los leales llamaron de otra suerte al convenio—, el marqués de Barbanzón emigró a Roma. Y como aquellos tiempos eran los hermosos tiempos del Papa-rey, el caballero español fue uno de los gentiles-hombres extranjeros con cargo palatino en el Vaticano. Durante muchos años llevó sobre sus hombros el manto azul de los guardias nobles y lució la bizarra ropilla acuchillada de terciopelo y raso. ¡El mismo arreo galán con que el divino Sanzio retrató al divino César Borgia!

Los títulos de marqués de Barbanzón, conde de Gondariu y Señor de Goa, extinguiéronse con el buen caballero don Francisco Xavier Aguiar y Bendaña, que maldijo en su testamento, con arrogancias de castellano leal, a toda su descendencia, si entre ella había uno solo que, traidor y vanidoso, pagase lanzas y anatas a cualquier Señor rey que no lo fuese por la Gracia de Dios. Su hija admiró llorosa la soberana gallardía de aquella maldición que se levantaba del fondo de un sepulcro, y acatando la voluntad paterna, dejó perderse los títulos que honraran veinte de sus abuelos, pero suspiró siempre por aquel Marquesado de Barbanzón. Para consolarse solía leer, cuando sus ojos estaban menos cansados, el nobiliario del monje de Armentáriz, donde se cuentan los orígenes de tan esclarecido linaje.

Si más tarde tituló de condesa fue por gracia pontificia.

Capítulo II

L a mano atenazada y flaca del ca-pellán levantó el blasonado corti-nón de damasco carmesí:

—¿Da su permiso la Señora condesa?

—Adelante, fray Ángel.

El capellán entró. Era un viejo alto y seco, con el andar dominador y marcial. Llegaba de Barbanzón, donde había estado cobrando los florales del mayorazgo. Acababa de apearse en la puerta del palacio, y aún no se descalzara las espuelas. Allá, en el fondo del estrado, la suave condesa suspiraba tendida sobre el canapé de damasco carmesí. Apenas se veía dentro del salón. Caía la tarde adusta e invernal. La condesa rezaba en voz baja, y sus dedos, lirios blancos aprisionados en los mitones de encaje, pasaban lentamente las cuentas de un rosario traído de Jerusalén.

Largos y penetrantes alaridos llegaban al salón desde el fondo misterioso del palacio: agitaban la oscuridad, palpitaban en el silencio omo las alas del murciélago Lucifer... fray Ángel se santiguó:

—¡Válgame Dios! ¿Sin duda el Demonio continúa martirizando a la Señorita Beatriz?

La condesa puso fin a su rezo, santiguándose on el crucifijo del rosario, y suspiró: ¡Pobre hija mía! El Demonio la tiene poseída. A mí me da espanto oírla gritar, verla retorcerse como una salamandra en el fuego... Me han hablado de una saludadora que hay en Celtigos. Será necesario llamarla. Cuentan que hace verdaderos milagros. Fray Ángel, ndeciso, movía la tonsurada cabeza:

—Sí que los hace, pero lleva, veinte años encamada.

—Se manda el coche, fray Ángel.

—Imposible por esos caminos, señora.

—Se la trae en silla de manos.

—Únicamente. ¡Pero es difícil, muy difícil! La saludadora pasa del siglo... Es una reliquia...

Viendo pensativa a la condesa, el capellán guardó silencio: era un viejo de ojos enfoscados y perfil aguileño, inmóvil como tallado en granito. Recordaba esos obispos guerreros que en las catedrales duermen o rezan a la sombra de un arco sepulcral. Fray Ángel había sido uno de aquellos cabecillas tonsurados que robaban la plata de sus iglesias para acudir en socorro de la facción.

Años después, ya terminada la guerra, aún

seguía aplicando su misa por el alma de Zumalacárregui. La dama, con las manos en cruz, suspiraba. Los gritos de Beatriz llegaban al salón en ráfagas de loco y rabioso ulular. El rosario temblaba entre los dedos pálidos de la condesa, que, sollozante, musitaba casi sin voz:

—¡Pobre hija! ¡Pobre hija!

Fray Ángel preguntó:

—¿No estará sola?

La condesa cerró los ojos lentamente al mismo tiempo que, con un ademán lleno de cansancio, reclinaba la cabeza en los cojines del canapé:

—Está con mi tía la Generala y con el Señor Penitenciario, que iba a decirle los exorcismos.

—¡Ah! ¿Pero está aquí el Señor Penitenciario?

La condesa respondió tristemente:

—Mi tía le ha traído.

Fray Ángel habíase puesto en pie con extraño sobresalto.

—¿Qué ha dicho el Señor Penitenciario?

—Yo no le he visto aún.

—¿Hace mucho que está ahí?

—Tampoco lo sé, fray Ángel.

—¿No lo sabe la Señora condesa?

—No... He pasado toda la tarde en la

capilla. Hoy comencé una novena a la Virgen de Bradomín. Si sana mi hija, le regalaré el collar de perlas y los pendientes que fueron de mi abuela la marquesa de Barbanzón.

Fray Ángel escuchaba con torva inquietud. Sus ojos, enfoscados bajo las cejas, parecían dos alimañas monteses azoradas. Calló la dama suspirante. El capellán permaneció en pie.

—Señora condesa, voy a mandar ensillar la mula, y esta noche me pongo en Celtigos. Si se consigue traer a la saludadora, debe hacerse con un gran sigilo. Sobre la madrugada ya podemos estar aquí.

La condesa volvió al cielo los ojos, que tenían un cerco amoratado.

—¡Dios lo haga!

Y la noble señora, arrollando el rosario entre sus dedos pálidos, levantose para volver al lado de su hija. Un gato que dormitaba sobre el canapé saltó al suelo, enarcó el espinazo y la siguió maullando... fray Ángel se adelantó: la mano atezada y flaca del capellán sostuvo el blasonado cortinón. La condesa pasó con los ojos bajos y no pudo ver cómo aquella mano temblaba.

Capítulo III

Beatriz parecía una muerta: con los párpados entornados, las mejillas muy pálidas y los brazos tendidos a lo largo del cuerpo, yacía sobre el antiguo lecho de madera, legado a la condesa por fray Diego Aguiar, un obispo de la noble casa de Barbanzón tenido en opinión de santo. La alcoba de Beatriz era una gran sala entarimada de castaño, oscura y triste.

Tenía angostas ventanas de montante donde arrullaban las palomas, y puertas monásticas, de paciente y arcaica ensambladura, con clavos danzarines en los floreados herrajes. El Señor Penitenciario y Misia Carlota, la Generala, retirados en un extremo de la alcoba, hablaban muy bajo. El canónigo hacía pliegues al manteo. Sus sienes calvas, su frente marfileña, brillaban en la oscuridad.

Rebuscaba las palabras como si estuviese en el confesionario, poniendo sumo cuidado en cuanto decía y empleando largos rodeos para ello. Misia Carlota le escuchaba atenta, y entre sus dedos, secos como los de una momia, temblaban las agujas de madera y el ligero estambre de su calceta. Estaba pálida, y sin interrumpir al Señor Penitenciario, de tiempo en tiempo repetía anonadada:

—¡Pobre niña! ¡Pobre niña!

Como Beatriz lloraba suspirando, se levantó para consolarla. Después volvió al lado del canónigo, que con las manos cruzadas y casi ocultas entre los pliegues del manteo, parecía sumido en grave meditación. Misia Carlota, que había sido siempre dama de gran entereza, se enjugaba los ojos y no era dueña de ocultar su pena.

El Señor Penitenciario le preguntó en voz baja:

—¿Cuándo llegará ese fraile?

Tal vez haya llegado.

—¡Pobre condesa! ¿Qué hará?

—¡Quién sabe!

—¿Ella no sospecha nada?

—¡No podía sospechar!

Es tan doloroso tener que decírselo.

Callaron los dos. Beatriz seguía llorando. Poco después entró la condesa, que procuraba parecer serena. Llegó hasta la cabecera de Beatriz, inclinose en silencio y besó la frente yerta de la niña. Con las manos en cruz, semejante a una dolorosa, y los ojos fijos, estuvo largo tiempo contemplando aquel rostro querido.

Era la condesa todavía hermosa, prócer de estatura y muy blanca de rostro, con los ojos azules y las pestañas rubias, de un rubio dorado que tendía leve ala de sombra en aquellas mejillas tristes y altaneras. El Señor Penitenciario se acercó.

—Condesa, necesito hablar con ese fray Ángel.

La voz del canónigo, de ordinario acariciadora y susurrante, estaba llena de severidad. La condesa se volvió sorprendida.

—Fray Ángel no está en el palacio, Señor Penitenciario.

Y sus ojos azules, aún empañados de lágrimas, interrogaban con afán, al mismo tiempo que sobre los labios marchitos temblaba una sonrisa amable y prudente de dama devota. Misia Carlota, que estaba a la cabecera de Beatriz, se aproximó muy quedamente.

—No hablen ustedes aquí... Carlota, es preciso que tengas valor.

—¡Dios mío! ¿Qué pasa?

—¡Calla!

Al mismo tiempo llevaba a la condesa fuera de la estancia. El Señor Penitenciario bendijo en silencio a Beatriz, y sin recoger sus hábitos talares salió detrás. Misia Carlota quedó en el umbral. Inmóvil y enjugándose los ojos, contempló desde allí cómo la condesa y el Penitenciario se alejaban por el largo corredor.

Después, santiguándose, volvió sola al lado de Beatriz y posó su mano de arrugas sobre la frente tersa de la niña.

—¡Hijita mía, no tiembles!... ¡No temas!...

Cabalgó en la nariz los quevedos con guarnición de concha, abrió un libro de oraciones, por donde marcaba el registro de seda azul ya desvanecida, y comenzó a leer en voz alta:

ORACIÓN

¡Oh, Tristísima y Dolorosísima Virgen María, mi Señora, que siguiendo las huellas de vuestro amantísimo Hijo, y mi Señor Jesucristo, llegasteis al Monte Calvario, donde el Espíritu Santo quiso regalaros como en monte de mirra y os ungió Madre del linaje humano! Concededme, Virgen María, con la Divina Gracia, el perdón de los pecados y apartad de mi alma los malos espíritus que la cercan, pues sois poderosa para arrojar a los demonios de los cuerpos y las almas. Yo espero, Virgen María, que me concedáis lo que os pido, si ha de ser para vuestra mayor gloria y mi salvación eterna. Amén.

Beatriz repitió:

—¡Amén!

Masida. El Pueblo Gallego, Vigo, 1 de
julio de 1925

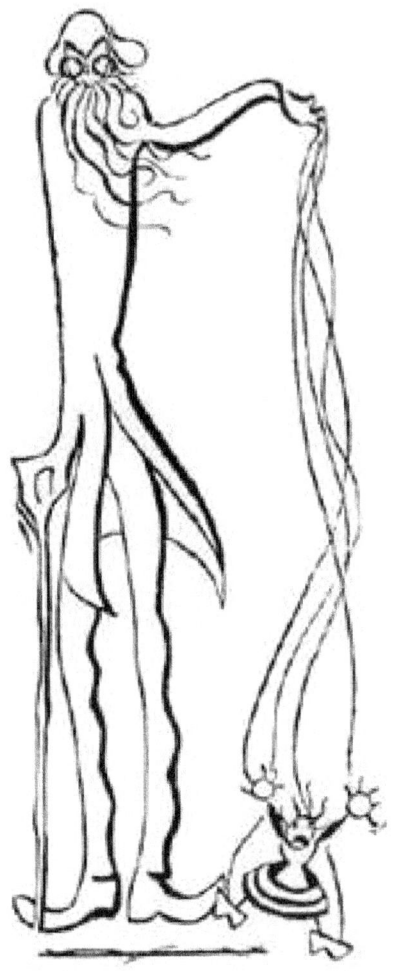

VALLE INCLAN

Capítulo IV

Los ojos del gato, que hacía centinela al pie del brasero lucían en la oscuridad. La gran copa de cobre bermejo aún guardaba entre la ceniza algunas ascuas mortecinas. En el fondo apenas esclarecido del salón, sobre los cortinajes de terciopelo, brillaba el metal de los blasones bordados: la puente de plata y los nueve róeles de oro que don Enrique II diera por armas al Señor de Barbanzón, Pedro Aguiar de Tor, llamado el Chivo y también el Viejo. Las rosas marchitas perfumaban la oscuridad, deshojándose misteriosas en antiguos floreros de porcelana que imitaban manos abiertas. Un criado encendía los candelabros de plata que había sobre las consolas. Después la condesa y el Penitenciario entraban en el salón. La dama, con ademán resignado y noble, ofreció al eclesiástico asiento en el canapé, y trémula y abatida por oscuros presentimientos, se dejó caer en un sillón. El canónigo, con la voz ungida de solemnidad, empezó a decir:

—Es un terrible golpe, condesa...

La dama suspiró.

—¡Terrible, Señor Penitenciario!

Quedaron silenciosos. La condesa se enjugaba las lágrimas que humedecían el fondo azul de sus pupilas. Al cabo de un momento murmuró, cubierta la voz por un anhelo que apenas podía ocultar:

—¡Temo tanto lo que usted va a decirme!

El canónigo inclinó con lentitud su frente pálida y desnuda, que parecía macerada por las graves meditaciones teológicas.

—¡Es preciso acatar la voluntad de Dios!

—¡Es preciso!... ¿Pero qué hice yo para merecer una prueba tan dura?

—¡Quién sabe hasta dónde llegan sus culpas! Y los designios de Dios nosotros no los conocemos.

La condesa cruzó las manos dolorida.

—Ver a mi Beatriz privada de la gracia, poseída de Satanás.

El canónigo la interrumpió:

—¡No, esa niña no está poseída!... Hace veinte años que soy Penitenciario en nuestra catedral, y un caso de conciencia tan doloroso, tan extraño, no lo había visto. ¡La confesión de esa niña enferma todavía me estremece!...

La condesa levantó los ojos al cielo.

—¡Se ha confesado! Sin duda Dios Nuestro Señor quiere volverle su gracia. ¡He sufrido tanto viendo a mi pobre hija aborrecer de todas las cosas santas! Porque antes estuvo poseída, Señor Penitenciario.

—No, condesa; no lo estuvo jamás.

La condesa sonrió tristemente, inclinándose para buscar su pañuelo, que acababa de perdérsele. El Señor Penitenciario lo recogió de la alfombra. Era menudo, mundano y tibio, perfumado de incienso y estoraque, como los corporales de un cáliz.

—Aquí está, condesa.

—Gracias, Señor Penitenciario.

El canónigo sonrió levemente. La llama de las bujías brillaba en sus anteojos de oro. Era alto y encorvado, con manos de obispo y rostro de jesuita. Tenía la frente desguarnecida, las mejillas tristes, el mirar amable, la boca sumida, llena de sagacidad. Recordaba el retrato del cardenal Cosme de Ferrara que pintó el Perugino.

Tras leve pausa continuó:

—En este palacio, señora, se hospeda un sacerdote impuro, hijo de Satanás...

La condesa le miró horrorizada.

—¿Fray Ángel?

El Penitenciario afirmó inclinando tristemente la cabeza, cubierta por el solideo rojo, privilegio de aquel cabildo.

—Esa ha sido la confesión de Beatriz. ¡Por el terror y por la fuerza han abusado de ella!...

La condesa se cubrió el rostro con las manos, que parecían de cera. Sus labios no exhalaron un grito. El Penitenciario la contemplaba en silencio. Después continuó:

—Beatriz ha querido que fuese yo quien advirtiese a su madre. Mi deber era cumplir su ruego. ¡Triste deber, condesa! La pobre criatura, de pena y de vergüenza, jamás se hubiera atrevido. Su desesperación al confesarme su falta era tan grande que llegó a infundirme miedo. ¡Ella creía su alma condenada, perdida para siempre!

La condesa, sin descubrir el rostro, con la voz ronca por el llanto, exclamó:

—¡Yo haré matar al capellán! ¡Le haré matar! ¡Y a mi hija no la veré más!

El canónigo se puso en pie lleno de severidad.

—Condesa, el castigo debe dejarse a Dios. Y en cuanto a esa niña, ni una palabra que pueda herirla, ni una mirada que pueda avergonzarla.

Agobiada, yerta, la condesa sollozaba como una madre ante la sepultura abierta de sus hijos. Allá afuera las campanas de un convento volteaban alegremente anunciando la novena que todos los años hacían las monjas a la seráfica fundadora. En el salón, las bujías lloraban sobre las arandelas doradas, y en el borde del brasero apagado dormía, roncando, el gato.

Juan de Echevarría: Valle Inclán de pie (1922)

Capítulo V

Los gritos de Beatriz resonaron en todo el palacio... La condesa estremeciose oyendo aquel plañir, que hacía miedo en el silencio de la noche, y acudió presurosa. La niña, con los ojos extraviados y el cabello destrenzándose sobre los hombros, se retorcía. Su rubia y magdalénica cabeza golpeaba contra el entarimado, y de la frente, yerta y angustiada, manaba un hilo de sangre.

Retorcíase bajo la mirada muerta e intensa del Cristo: un Cristo de ébano y marfil, con cabellera humana, los divinos pies iluminados por agonizante lamparilla de plata. Beatriz evocaba el recuerdo de aquellas blancas y legendarias princesas, santas de trece años ya tentadas por Satanás. Al entrar la condesa, se incorporó con extravío, la faz lívida, los labios trémulos como rosas que van a deshojarse.

Su cabellera apenas cubría la candidez de los senos.

—¡Mamá! ¡Mamá! ¡Perdóname!

Y le tendía las manos, que parecían dos blancas palomas azoradas. La condesa quiso alzarla en los brazos.

—¡Sí, hija, sí! Acuéstate ahora.

Beatriz retrocedió con los ojos horrorizados, fijos en el revuelto lecho.

—¡Ahí está Satanás! ¡Ahí duerme Satanás! Viene todas las noches. Ahora vino y se llevó mi escapulario. Me ha mordido en el pecho. ¡Yo grité, grité! Pero nadie me oía. Me muerde siempre en los pechos y me los quema.

Y Beatriz mostrábale a su madre el seno de blancura lívida, donde se veía la huella negra que dejan los labios de Lucifer cuando besan.

La condesa, pálida como la muerte, descolgó el crucifijo y le puso sobre las almohadas.

—¡No temas, hija mía! ¡Nuestro Señor Jesucristo vela ahora por ti!

—¡No! ¡No!

Y Beatriz se estrechaba al cuello de su madre.

La condesa arrodillose en el suelo. Entre sus manos guardó los pies descalzos de la niña, como si fuesen dos pájaros enfermos y ateridos. Beatriz, ocultando la frente en el hombro de su madre, sollozó:

—Mamá querida, fue una tarde que bajé a la capilla para confesarme... Yo te llamé gritando.. Tú no me oíste... Después quería venir todas las noches, y yo estaba condenada...

—¡Calla, hija mía! ¡No recuerdes!...

Y las dos lloraron juntas, en silencio, mientras sobre la puerta, de arcaica ensambladura y floreados herrajes, arrullaban dos tórtolas que fray Ángel había criado para Beatriz... La niña, con la cabeza apoyada en el hombro de su madre, trémula y suspirante, adormeciose poco a poco. La luna de invierno brillaba en el montante de las ventanas y su luz blanca se difundía por la estancia. Fuera se oía el viento, que sacudía los árboles del jardín, y el rumor de una fuente.

La condesa acostó a Beatriz en el canapé, y silenciosa, llena de amoroso cuidado, la cubrió con una colcha de damasco carmesí, ese damasco antiguo que parece tener algo de litúrgico. Beatriz suspiró sin abrir los ojos. Sus manos quedaron sobre la colcha: eran pálidas, blancas, ideales, transparentes a la luz; las venas, azules, dibujaban una flor de ensueño.

Con los ojos llenos de lágrimas, la condesa ocupó un sillón que había cercano. Estaba tan abrumada que casi no podía pensar, y rezaba confusamente, adormeciéndose con el resplandor de la luz que ardía a los pies del Cristo en un vaso de plata. Ya muy tarde entró Misia Carlota, apoyada en su muleta, con los quevedos temblantes sobre la corva nariz. La condesa se llevó un dedo a los labios indicándole que Beatriz dormía, y la anciana se acercó sin ruido, andando con trabajosa lentitud.

— ¡Al fin descansa!

— Sí.

—¡Pobre alma blanca!

Sentose y arrimó la muleta a uno de los brazos del sillón. Las dos damas guardaron silencio. Sobre el montante de la puerta la pareja de tórtolas seguía arrullando.

Capítulo VI

A medianoche llegó la saludadora de Celtigos.

La conducían dos nietos ya viejos, en un carro de bueyes, tendida sobre paja. La condesa dispuso que dos criados la subiesen. Entró salmodiando saludos y oraciones. Era vieja, muy vieja, con el rostro desgastado como las medallas antiguas, y los ojos verdes, del verde maléfico que tienen las fuentes abandonadas, donde se reúnen las brujas. La noble señora salió a recibirla hasta la puerta, y temblándole la voz preguntó a los criados:

—¿Visteis si ha venido también fray Ángel?

En vez de los criados respondió la saludadora con el rendimiento de las viejas que acuerdan el tiempo de los mayorazgos:

—Señora mi condesa, yo sola he venido, sin más compaña que la de Dios.

—¿Pero no fue a Celtigos un fraile con el aviso?...

—Estos tristes ojos a nadie vieron.

Los criados dejaron a la saludadora en un sillón. Beatriz la contemplaba. Los ojos, sombríos, abiertos como sobre un abismo de terror y de esperanza. La saludadora sonrió con la sonrisa yerta de su boca desdentada.

—¡Miren con cuánta atención está la blanca rosa! No me aparta la vista.

La condesa, que permanecía en pie en medio de la estancia, interrogó:

—¿Pero no vio a un fraile?

— A nadie, mi señora.

—¿Quién llevó el aviso?

—No fue persona de este mundo. Ayer de tarde quedeme dormida, y en el sueño tuve una revelación. Me llamaba la buena condesa moviendo su pañuelo blanco, que era después una paloma volando, volando para el cielo.

La dama preguntó temblando:

—¿Es buen agüero eso?...

—¡No hay otro mejor, mi condesa!

Díjeme entonces entre mí: vamos al palacio de tan gran señora.

La condesa callaba. Después de algún tiempo, la saludadora, que tenía los ojos clavados en Beatriz, pronunció lentamente:

—A esta rosa galana le han hecho mal de ojo. En un espejo puede verse, si a mano lo tiene, mi señora.

La condesa le entregó un espejo guarnecido e plata antigua. Levantole en alto la

133

saludadora, igual que hace el sacerdote con la hostia consagrada, lo empañó echándole el aliento, y con un dedo tembloroso trazó el círculo del rey Salomón. Hasta que se borró por completo tuvo los ojos fijos en el cristal.

—La condesita está embrujada. Para ser bien roto el embrujo han de decirse las doce palabras que tiene la oración del Beato Electus al dar las doce campanadas del mediodía, que es cuando el Padre Santo se sienta a la mesa bendice a toda la Cristiandad.

La condesa se acercó a la saludadora. El rostro de la dama parecía el de una muerta y sus ojos azules tenían el venenoso color de las turquesas.

—¿Sabe hacer condenaciones?

—¡Ay, mi condesa, es muy grande pecado!

—¿Sabe hacerlas? Yo mandaré decir misas y Dios se lo perdonará.

La saludadora meditó un momento.

—Sé hacerlas, mi condesa.

—Pues hágalas...

—¿A quién, mi señora?

—A un capellán de mi casa.

La saludadora inclinó la cabeza.

—Para eso hace menester del breviario.

La condesa salió y trajo el breviario de fray Ángel. La saludadora arrancó siete hojas y las puso sobre el espejo. Después, con las manos juntas, como para un rezo, salmodió:

—¡Satanás! ¡Satanás! Te conjuro por mis malos pensamientos, por mis malas obras, por todos mis pecados. Te conjuro por el aliento de la culebra, por la ponzoña de los alacranes, por el ojo de la salamántiga. Te conjuro para que vengas sin tardanza y en la gravedad de aqueste círculo del rey Salomón te encierres y en él te estés sin un momento te partir, hasta poder llevarte a las cárceles tristes y oscuras del infierno el alma que en este espejo agora vieres. Te conjuro por este rosario que yo sé profanado por ti y mordido en cada una de sus cuentas. ¡Satanás! ¡Satanás! Una y otra vez te conjuro.

Entonces el espejo se rompió con triste gemido de alma encarcelada. Las tres mujeres, mirándose silenciosas, con miedo de hablar, con miedo de moverse, esperan el día, puestas las manos en cruz. Amanecía cuando sonaron grandes golpes en la puerta del palacio. Unos aldeanos de Celtigos traían a hombros el cuerpo de fray Ángel, que al claro de luna descubrieran flotando en el río... ¡La cabeza yerta, tonsurada, pendía fuera de las andas!

FIN

Mi hermana Antonia

(1913)

No es solamente el aroma personal y exquisito
lo que hace codiciables los delicados productos

"Flores del Campo"

es, ante todo, su pureza é higiene,
como creaciones que son de la

Perfumería Floralía

I

¡**S**antiago de Galicia ha sido uno de los santuarios del mundo, y las almas todavía guardan allí *los ojos* atentos para el milagro!...

II

Una tarde, mi hermana Antonia me tomó de la mano para llevarme a la catedral. Antonia tenía muchos años más que yo. Era alta y pálida, con los ojos negros y la sonrisa un poco triste. Murió siendo yo niño. ¡Pero cómo recuerdo su voz y su sonrisa y el hielo de su mano cuando me llevaba por las tardes a la catedral!... Sobre todo, recuerdo sus ojos y la llama luminosa y trágica con que miraban a un estudiante que paseaba en el atrio, embozado en una capa azul. Aquel estudiante a mí me daba miedo. Era alto y cenceño, con cara de muerto y ojos de tigre, unos ojos terribles bajo el entrecejo fino y duro. Para que fuese mayor su semejanza con los muertos, al andar le crujían los huesos de la rodilla. Mi madre le odiaba, y por no verle, tenía cerradas las ventanas de nuestra casa, que daban al Atrio de las Platerías. Aquella tarde recuerdo que pasea-ba, como todas las tardes, embozado en su capa azul. Nos alcanzó en la puerta de la catedral, y sacando por debajo del embozo su mano de esqueleto, tomó agua bendita y se la ofreció a mi hermana, que temblaba. Antonia le dirigió una mirada de súplica, y él murmuró con una sonrisa:

—¡Estoy desesperado!

III

Entramos en una capilla, donde algunas viejas rezaban las Cruces. Es una capilla grande y oscura, con su tarima llena de ruidos bajo la bóveda románica. Cuando yo era niño, aquella capilla tenía para mí una sensación de paz campesina. Me daba un goce de sombra como la copa de un viejo castaño, cómo las parras delante de algunas puertas, como una cueva de ermitaño en el monte. Por las tardes siempre había corro de viejas rezando las Cruces. Las voces, fundidas en un murmullo de fervor, abríanse bajo las bóvedas y parecían iluminar las rosas de la vidriera como el sol poniente. Sentíase un vuelo de oraciones glorioso y gangoso, y un sordo arrastrarse sobre la tarima, y una campanilla de plata agitada por el niño acólito, mientras le-vanta su vela encendida, sobre el hombro del capellán, que deletrea en su breviario la Pasión. ¡Oh, Capilla de la Corticela, cuándo esta alma mía, tan vieja y tan cansada, volverá a sumergirse en tu sombra balsámica!

IV

Lloviznaba, anochecido, cuando atravesábamos el atrio de la catedral para volver a casa. En el zaguán, como era grande y oscuro, mi hermana debió de tener miedo, porque corría al subir las escaleras, sin soltarme la mano. Al entrar vimos a nuestra madre que cruzaba la antesala y se desvanecía por una puerta. Yo, sin saber por qué, lleno de curiosidad y de temor, levanté los ojos mirando a mi hermana, y ella, sin decir nada, se inclinó y me besó. En medio de una gran ignorancia de la vida, adiviné el secreto de mi hermana Antonia. Lo sentí pesar sobre mí cono pecado mortal, al cruzar aquella antesala donde ahumaba un quinqué de petróleo que tenía el tubo roto. La llama hacía dos cuernos, y me recordaba al diablo. Por la noche, acostado y a oscuras, esta semejanza se agrandó dentro de mí sin dejarme dormir, y volvió a turbarme otras muchas noches.

V

Siguieron algunas tardes de lluvia. El estudiante paseaba en el atrio de la catedral durante los escampos, pero mi hermana no salía para rezar las Cruces. Yo, algunas veces, mientras estudiaba mi lección en la sala llena con el aroma de las rosas marchitas, entornaba una ventana para verle. Paseaba solo, con una sonrisa crispada, y al anochecer su aspecto de muerto era tal, que daba miedo. Yo me retiraba temblando de la ventana, pero seguía viéndole, sin poder aprenderme la lección. En la sala grande, cerrada y sonora, sentía su andar con crujir de canillas y choquezuelas... Maullaba el gato tras de la puerta, y me parecía que conformaba su maullido sobre el nombre del estudiante:

¡Máximo Bretal!

VI

Bretal es un caserío en la montaña, cerca de Santiago. Los viejos llevan allí montera picuda y sayo de estameña, las viejas hilan en los establos por ser más abrigados que las casas, y el sacristán pone escuela en el atrio de la iglesia. Bajo su palmeta, los niños aprenden la letra procesal de alcaldes y escribanos, salmodiando las escrituras forales de una casa de mayorazgos ya deshecha. Máximo Bretal era de aquella casa. Vino a Santiago para estudiar Teología, y los primeros tiempos, una vieja que vendía miel, traíale de su aldea el pan de borona para la semana, y el tocino. Vivía con otros estudiantes de clérigo en una posada donde sólo pagaban la cama. Son estos los seminaristas pobres a quienes llaman códeos. Máximo Bretal ya tenía órdenes Menores cuando entró en nuestra casa para ser mi pasante de Gramática Latina. A mi madre se lo había recomendado como una obra de caridad el cura de Bretal. Vino una vieja con cofia a darle las gracias, y trajo de regalo un azafate de manzanas reinetas. En una de aquellas manzanas dijeron después que debía de estar el hechizo que hechizó a mi hermana Antonia.

VII

Nuestra madre era muy piadosa y no creía en agüeros ni brujerías, pero alguna vez lo aparentaba por disculpar la pasión que consumía a su hija. Antonia, por entonces, ya comenzaba a tener un aire del otro mundo, como el estudiante de Bretal. La recuerdo bordando en el fondo de la sala, desvanecida como si la viese en el fondo de un espejo, toda desvanecida, con sus movi-mientos lentos que parecían responder al ritmo de otra vida, y la voz apagada, y la sonrisa lejana de nosotros: Toda blanca y triste, flotante en un misterio crepuscular, y tan pálida, que parecía tener cerco como la luna... ¡Y mi madre, que levanta la cortina de una puerta, y la mira, y otra vez se aleja sin ruido!

VIII

Volvían las tardes de sol con sus tenues oros, y mi hermana, igual que antes, me llevaba a rezar con las viejas en la Capilla de la Corticela. Yo temblaba de que otra vez se apareciese el estudiante y alargase a nuestro paso su mano de fantasma, goteando agua bendita. Con el susto miraba a mi hermana, y veía temblar su boca. Máximo Bretal, que estaba todas las tardes en el atrio, al acercarnos nosotros desaparecía, y luego, al cruzar las naves de la catedral, le veíamos surgir en la sombra de los arcos. Entrábamos en la capilla, y él se arrodillaba en las gradas de la puerta besando las losas donde acababa de pisar mi hermana Antonia. Quedaba allí arrodillado como el bulto de un sepulcro, con la capa sobre los hombros y las manos juntas. Una tarde, cuando salíamos, vi su brazo de sombra alargarse por delante de mí, y enclavijar entre los dedos un pico de la falda de Antonia:

—¡Estoy desesperado!... Tienes que oírme, tienes que saber cuánto sufro... ¿Ya no quieres mirarme?...

Antonia murmuró, blanca como una flor:

—¡Déjeme usted, Don Máximo!

—No te dejo. Tú eres mía, tu alma es mía... El cuerpo no lo quiero, ya vendrá por él la muerte. Mírame, que tus ojos se confiesen con los míos. ¡Mírame!

Y la mano de cera tiraba tanto de la falda de mi hermana, que la desgarró. Pero los ojos inocentes se confesaron con aquellos ojos claros y terribles. Yo, recordándolo, lloré aquella noche en la oscuridad, como si mi hermana se hubiera escapado de nuestra casa.

IX

Yo seguía estudiando mi lección de latín en aquella sala, llena con el aroma de las rosas marchitas. Algunas tardes, mi madre entraba como una sombra y se desvanecía en el estrado. Yo la sentía suspirar hundida en un rincón del gran sofá de damasco carmesí, y percibía el rumor de su rosario. Mi madre era muy bella, blanca y rubia, siempre vestida de seda, con guante negro en una mano, por la falta de dos dedos, y la otra, que era como una camelia, toda cubierta de sortijas. Esta fue siempre la que besamos nosotros y la mano con que ella nos acariciaba. La otra, la del guante negro, solía disimularla entre el pañolito de encaje, y sólo al santiguarse la mostraba entera, tan triste y tan sombría sobre la albura de su frente, sobre la rosa de su boca, sobre su seno de Madona Litta. Mi madre rezaba sumida en el sofá del estrado, y yo, para aprovechar la raya de luz que entraba por los balcones entornados, estudiaba mi latín en el otro extremo, abierta la Gramática sobre uno de esos antiguos veladores con tablero de damas. Apenas se veía en aquella sala de respeto, grande, cerrada y sonora. Alguna vez, mi madre, saliendo de sus rezos, me decía que abriese más el balcón. Yo obedecía en silencio, y aprovechaba el permiso para mirar al atrio, donde seguía paseando el estudiante, entre la bruma del crepúsculo. De pronto, aquella tarde, estando mirándolo, desapareció. Volví a salmodiar mi latín, y llamaron en la puerta de la sala. Era un fraile franciscano, hacía poco llegado de Tierra Santa.

X

El Padre Bernardo en otro tiempo había sido confesor de mi madre, y al volver de su peregrinación no olvidó traerle un rosario hecho con huesos de olivas del Monte Oliveto. Era viejo, pequeño, con la cabeza grande y Calva; recordaba los santos románicos del Pórtico de la Catedral. Aquella tarde era la segunda vez que visitaba nuestra casa, desde que estaba devuelto a su convento de Santiago. Yo, al verle entrar, dejé mi Gramática y corrí a besarle la mano. Quedé arrodillado mirándole y esperando su bendición, y me pareció que hacía los cuernos. ¡Ay, cerré los ojos, espantado de aquella burla del Demonio! Con un escalofrío comprendí que era asechanza suya, y como aquellas que traían las historias de santos que yo comenzaba a leer en voz alta delante de mi madre y de Antonia. Era una asechanza para hacerme pecar, parecida a otra que se cuenta en la vida de San Antonio de Padua. El Padre Bernardo, que mi abuela diría un santo sobre la tierra, se distrajo saludando a la oveja de otro tiempo, y olvidó formular su bendición sobre mi cabeza trasquilada y triste, con las orejas muy separadas, como para volar. Cabeza de niño so-bre quien pesan las lúgubres cadenas de la infancia: El latín de día, y el miedo a los muer-tos, de noche. El fraile habló en voz baja con mi madre, y mi madre levantó su mano del guante:

—¡Sal de aquí, niño!

XI

Basilisa la Galinda, una vieja que había sido nodriza de mi madre, se agachaba tras de la puerta. La vi y me retuvo del vestido, poniéndome en la boca su palma arrugada:

—No grites, picarito.

Yo la miré fijamente porque le hallaba un extraño parecido con las gárgolas de la catedral. Ella, después de un momento, me empujó con blandura:

—¡Vete, neno!

Sacudí los hombros para desprenderme de su mano, que tenía las arrugas negras como tiznes, y quedé a su lado. Oíase la voz del franciscano: -Se trata de salvar un alma... Basilisa volvió a empujarme:

—Vete, que tú no puedes oír...

Y toda encorvada metía los ojos por la rendija de la puerta. Me agaché cerca de ella. Ya sólo me dijo estas palabras:

—¡No recuerdes más lo que oigas, picarito!

XII

Yo me puse a reír. Era verdad que parecía una gárgola. No podía saber si perro, si gato, si lobo. Pero tenía un extraño parecido con aquellas figuras de piedra, asomadas o tendidas sobre el atrio, en la cornisa de la catedral.

Se oía conversar en la sala. Un tiempo largo la voz del franciscano:

—Esta mañana fue a nuestro convento un joven tentado por el Diablo. Me contó que había tenido la desgracia de enamorarse, y que desesperado, quiso tener la ciencia infernal... Siendo la media noche había impetrado el poder del Demonio. El ángel malo se le apareció en un vasto arenal de ceniza, lleno con gran rumor de viento, que lo causaban sus alas de murciélago, al agitarse bajo las estrellas.

Se oyó un suspiro de mi madre:

—¡Ay Dios!

Proseguía el fraile.

—Satanás le dijo que le firmase un pacto y que le haría feliz en sus amores. Dudó el joven, porque tiene el agua del bautismo que hace a los cristianos, y le alejó con la cruz. Esta mañana, amaneciendo, llegó a nuestro convento, y en el secreto del confesonario me hizo su confesión. Le dije que renunciase a sus prácticas diabólicas, y se negó. Mis consejos no bastaron a persuadirle. ¡Es un alma que se condenará!...

Otra vez gimió mi madre:

—¡Prefería muerta a mi hija!

Y la voz del fraile, en un misterio de terror, proseguía:

—Muerta ella, acaso él triunfase del Infierno. Viva, quizá se pierdan los dos... No basta el poder de una pobre mujer como tú para luchar contra la ciencia infernal...

Sollozó mi madre:

—¡Y la Gracia de Dios!

Hubo un largo silencio. El fraile debía de estar en oración meditando su respuesta. Basilisa la Galinda me tenía apretado contra su pecho. Se oyeron las sandalias del fraile, y la vieja me aflojó un poco los brazos para incorporarse y huir. Pero quedó inmóvil, retenida por aquella voz que luego sonó:

—La Gracia no está siempre con nosotros, hija mía. Mana como una fuente y se seca como ella. Hay almas que sólo piensan en su salvación, y nunca sintieron amor por las otras criaturas. Son las fuentes secas. Dime: ¿Qué cuidado sintió tu corazón al anuncio de estar en riesgo de perderse un cristiano? ¿Qué haces tú por evitar ese negro concierto con los poderes infernales? ¡Negarle tu hija para que la tenga de manos de Satanás!

Gritó mi madre:

—¡Más puede el Divino Jesús!

Y el fraile replicó con una voz de venganza:

—El amor debe ser por igual para todas las criaturas. Amar al padre, al hijo o al marido, es amar figuras de lodo. Sin saberlo, con tu mano negra también azotas la cruz como el estudiante de Bretal.

Debía tener los brazos extendidos hacia mi madre. Después se oyó un rumor como si se alejase. Basilisa escapó conmigo, y vimos pasar a nuestro lado un gato negro. Al Padre Bernardo nadie le vio salir. Basilisa fue aquella tarde al convento, y vino contando que estaba en una misión, a muchas leguas.

F. G. Fresno, *Gedeón*, Madrid, XVI, 747, 20 de marzo de 1910

"D. RAMÓN DEL VALLE INCLÁN / Es manco, como el otro, para que sea más perfecta la semejanza. Admirable escritor, que trabaja, además, como una / fiera y le queda tiempo... ¡hasta para hacerse carlista...! Por cierto que no le sienta bien la boina..."

XIII

¡Cómo la lluvia azotaba los cristales y cómo era triste la luz de la tarde en todas las estancias!

Antonia borda cerca del balcón, y nuestra madre, recostada en el canapé, la mira fijamente, con esa mirada fascinante de las imágenes que tienen los ojos de cristal. Era un gran silencio en torno de nuestras almas, y sólo se oía el péndulo del reloj. Antonia quedó una vez soñando con la aguja en alto. Allá en el estrado suspiró nuestra madre, y mi hermana agitó los párpados como si despertase. Tocaban entonces todas las campanas de muchas iglesias. Basilisa entró con luces, miró detrás de las puertas y puso los tranqueros en las ventanas. Antonia volvió a soñar inclinada sobre el bordado. Mi madre me llamó con la mano, y me retuvo. Basilisa trajo su rueca, y sentose en el suelo, cerca del canapé. Yo sentía que los dientes de mi madre hacían el ruido de una castañeta. Basilisa se puso de rodillas mirándola, y mi madre gimió:

—Echa el gato que araña bajo el canapé.

Basilisa se inclinó:

—¿Dónde está el gato? Yo no lo veo.

—¿Y tampoco lo sientes?

Replicó la vieja, golpeando con la rueca:

—¡Tampoco lo siento!

Gritó mi madre:

—¡Antonia! ¡Antonia!

—¡Ay, diga, señora!

—¿En qué piensas?

—¡En nada, señora!

—¿Tú oyes cómo araña el gato?

Antonia escuchó un momento:

—¡Ya no araña!

Mi madre se estremeció toda:

—Araña delante de mis pies, pero tampoco lo veo.

Crispaba los dedos sobre mis hombros. Basilisa quiso acercar una luz, y se le apagó en la mano bajo una ráfaga que hizo batir todas las puertas. Entonces, mientras nuestra madre gritaba, sujetando a mi hermana por los cabellos, la vieja, provista de una rama de olivo, se puso a rociar agua bendita por los rincones.

XIV

Mi madre se retiró a su alcoba, sonó la campanilla y acudió corriendo Basilisa. Después, Antonia abrió el balcón y miró a la plaza con ojos de sonámbula. Se retiró andando hacia atrás, y luego escapó. Yo quedé solo, con la frente pegada a los cristales del balcón, donde moría In luz de la tarde. Me pareció oír gritos en el interior de la rasa, y no osé moverme, con la vaga impresión de que eran aquellos gritos algo que yo debía ignorar por ser niño. Y no me movía del hueco del balcón, devanando un razonar medroso y pueril, todo confuso con aquel nebuloso recordar de reprensiones bruscas y de encierros en una sala oscura. Era como envoltura de mi alma, esa memoria dolorosa de los niños precoces, que con los ojos agrandados oyen las conversaciones de las viejas y dejan los juegos por oírlas. Poco a poco cesaron los gritos, y cuando la casa quedó en silencio escapé de la sala. Saliendo por una puerta encontré a la Galinda:

—¡No barulles, picarito!

Me detuve sobre la punta de los pies ante la alcoba de mi madre. Tenía la puerta entornada, y llegaba de dentro un murmullo apenado y un gran olor de vinagre. Entré por el entorno de la puerta, sin moverla y sin ruido. Mi madre estaba acostada, con muchos pañuelos a la cabeza. Sobre la blancura de la sábana destacaba el perfil de su mano en el guante negro. Tenía los ojos abiertos, y al entrar yo los giró hacia la puerta, sin remover la cabeza:

—¡Hijo mío, espántame ese gato que tengo a los pies!

Me acerqué, y saltó al suelo un gato negro, que salió corriendo. Basilisa la Galinda, que estaba en la puerta, también lo vio, y dijo que yo había podido espantarlo porque era un inocente.

XV

Y recuerdo a mi madre un día muy largo, en la luz triste de una habitación sin sol, que tiene las ventanas entornadas. Está inmóvil en su sillón, con las manos en cruz, con muchos pañuelos a la cabeza y la cara blanca. No habla, y vuelve los ojos cuando otros hablan, y mira fija, imponiendo silencio. Es aquel un día sin horas, todo en penumbra de media tarde. Y este día se acaba de repente, porque entran con luces en la alcoba. Mi madre está dando gritos:

—¡Ese gato!... ¡Ese gato!... ¡Arrancármelo, que se me cuelga a la espalda!

Basilisa la Galinda vino a mí, y con mucho misterio me empujó hacia mi madre. Se agachó y me habló al oído, con la barbeta temblona, rozándome la cara con sus lunares de pelo.

—¡Cruza las manos!

Yo crucé las manos, y Basilisa me las impuso sobre la espalda de mi madre. Me acosó después en voz baja:

—¿Qué sientes, neno?

Respondí asustado, en el mismo tono que la vieja:

—¡Nada!... No siento nada, Basilisa.

—¿No sientes como lumbre?

—No siento nada, Basilisa.

—¿Ni los pelos del gato?

—¡Nada!

Y rompí a llorar, asustado por los gritos de mi madre. Basilisa me tomó en brazos y me sacó al corredor:

—¡Ay, picarito, tú has cometido algún pecado, por eso no pudiste espantar al enemigo malo!

Se volvió a la alcoba. Quedé en el corredor, lleno de miedo y de angustia, pensando en mis pecados de niño. Seguían los gritos en la alcoba, e iban con luces por toda la casa.

XVI

Después de aquel día tan largo, es una noche también muy larga, con luces encendidas delante de las imágenes y conversaciones en voz baja, sostenidas en el hueco de las puertas que rechinan al abrirse. Yo me senté en el corredor, cerca de una mesa donde había un candelero con dos velas, y me puse a pensar en la historia del Gigante Goliat. Antonia, que pasó con el pañuelo sobre los ojos, me dijo con una voz de sombra:

—¿Qué haces ahí?

—Nada.

—¿Por qué no estudias?

La miré asombrado de que me preguntase por qué no estudiaba, estando enferma nuestra madre. Antonia se alejó por el corredor, y volví a pensar en la historia de aquel gigante pagano que pudo morir de un tiro de piedra. Por aquel tiempo, nada admiraba tanto como la destreza con que manejó la honda el niño David. Hacía propósito de ejercitarme en ella cuando saliese de paseo por la orilla del río. Tenía como un vago y novelesco presentimiento de poner mis tiros en la frente pálida del estudiante de Bretal. Y volvió a pasar Antonia con un braserillo donde se quemaba espliego:

—¿Por qué no te acuestas, niño?

Y otra vez se fue corriendo por el corredor. No me acosté, pero me dormí con la cabeza apoyada en la mesa.

XVII

No sé si fue una noche, si fueron muchas, porque la casa estaba siempre oscura y las luces encendidas ante las imágenes. Recuerdo que entre sueños oía los gritos de mi madre, las conversaciones misteriosas de los criados, el re-chinar de las puertas y una campanilla que pasa-ba por la calle. Basilisa la Galinda venía por el candelero, se lo llevaba un momento y lo traía con dos velas nuevas, que apenas alumbraban. Una de estas veces, al levantar la sien de encima de la mesa, vi a un hombre en mangas de camisa que estaba cosiendo, sentado al otro lado. Era muy pequeño, con la frente calva y un chaleco encarnado. Me saludó sonriendo:

—¿Se dormía, estudioso *puer*?

Basilisa espabiló las velas:

—¿No te recuerdas de mi hermano, picarito?

Entre las nieblas del sueño, recordé al señor Juan de Alberte. Le había visto algunas tardes que me llevó la vieja a las torres de la Catedral. El hermano de Basilisa cosía bajo una bóveda, remendando sotanas. Suspiró la Galinda:

—Está aquí para avisar los óleos en la Corticela.

Yo empecé a llorar, y los dos viejos me dijeron que no hiciese ruido. Se oía la voz de mi madre:

—¡Espantarme ese gato! ¡Espantar ese gato!

Basilisa la Galinda entra en aquella alcoba, que estaba al pie de la escalera del fayado, y sale con una cruz de madera negra. Murmura unas palabras oscuras, y me santigua por el pecho, por la espalda y por los costados. Después, me entrega la cruz, y ella toma las tijeras de su hermano, esas tijeras de sastre, grandes y mohosas, que tienen un son de hierro al abrirse:

—Habemos de libertarla, como pide...

Me condujo por la mano a la alcoba de mi madre, que seguía gritando:

—¡Espantarme ese gato! ¡Espantarme ese gato!

Sobre el umbral me aconsejó en voz baja:

—Llega muy paso y pon la cruz sobre la almohada... Yo quedo aquí en la puerta.

Entré en la alcoba. Mi madre estaba incorporada, con el pelo revuelto, las manos tendidas y los dedos abiertos como garfios. Una mano era negra y otra blanca. Antonia la miraba, pálida y suplicante. Yo pasé rodeando, y vi de frente los ojos de mi hermana, negros, profundos y sin lágrimas. Me subí a la cama sin ruido, y puse la cruz sobre las almohadas. Allá en la puerta, toda encogida sobre el umbral, estaba Basilisa la Galinda. Sólo la vi un momento, mientras trepé a la cama, porque apenas puse la cruz en las almohadas, mi madre empezó a retorcerse, y un gato negro escapó de entre las ropas hacia la puerta. Cerré los ojos, y con ellos cerrados, oí sonar las tijeras de Basilisa. Después la vieja llegose a la cama donde mi madre se retorcía, y me sacó en brazos de la alcoba. En el corredor, cerca de la mesa que tenía detrás la sombra enana del sastre, a la luz de las velas, enseñaba dos recortes negros que le manchaban las manos de sangre, y decía que eran las orejas del gato. Y el viejo se ponía la capa, para avisar los santos óleos.

Autor: Juan de Echevarría

XVIII

Llenose la casa de olor de cera y murmullo de gente que reza en confuso son... Entró un clérigo re-vestido, andando de prisa, con una mano de perfil sobre la boca. Se metía por las puertas guiado por Juan de Alberte. El sastre, con la cabeza vuelta, corretea tieso y enano, arrastra la capa y mece en dos dedos, muy gentil, la gorra por la visera, como hacen los menestrales en las procesiones. Detrás seguía un grupo oscuro y lento, rezando en voz baja. Iba por el centro de las estancias, de una puerta a otra puerta, sin extenderse. En el corredor se arrodillaron algu-nos bultos, y comenzaron a desgranarse las cabe-zas. Se hizo una fila que llegó hasta las puertas abiertas de la alcoba de mi madre. Dentro, con mantillas y una vela en la mano, estaban arro-dilladas Antonia y la Galinda. Me fueron empu-jando hacia delante algunas manos que salían de los manteos oscuros, y volvían prestamente a juntarse sobre las cruces de los rosarios. Eran las manos sarmentosas de las viejas que rezaban en el corredor, alineadas a lo largo de la pared, con el perfil de la sombra pegado al cuerpo. En la alcoba de mi madre, una señora llorosa que tenía un pañuelo perfumado, y me pareció toda morada como una dalia con el hábito nazareno, me tomó de la mano y se arrodilló conmigo, ayudándome a tener una vela. El clérigo anduvo en torno de la cama, con un murmullo latino, leyendo en su libro...

Después alzaron las coberturas y descubrieron los pies de mi madre rígidos y amarillentos. Yo comprendí que estaba muerta, y quedé aterrado y silencioso entre los brazos tibios de aquella señora tan hermosa, toda blanca y morada. Sentía un terror de gritar, una prudencia helada una aridez sutil, un recato perverso de moverme entre los brazos y el seno de aquella dama toda blanca y morada, que inclinaba el perfil del rostro al par de mi mejilla y me ayudaba a sostener la vela funeraria.

XIX

La Galinda vino a retirarme de los brazos de aquella señora, y me condujo al borde de la cama donde mi madre estaba yerta y amarilla, con las manos arrebujadas entre los pliegues de la sábana. Basilisa me alzó del suelo para que viese bien aquel rostro de cera:

—Dile adiós, neno. Dile: Adiós, madre mía, más no te veré.

Me puso en el suelo la vieja, porque se cansaba, y después de respirar, volvió a levantarme metiendo bajo mis brazos sus manos sarmentosas:

—¡Mírala bien! Guarda el recuerdo para cuando seas mayor... Bésala, neno.

Y me dobló sobre el rostro de la muerta. Casi rozando aquellos párpados inmóviles, empecé a gritar, revolviéndome entre los brazos de la Galinda. De pronto, con el pelo suelto, al otro lado de la cama apareciose Antonia. Me arrebató a la vieja criada y me apretó contra el pecho sollozando y ahogándose. Bajo los besos acongojados de mi hermana, bajo la mirada de sus ojos enrojecidos, sentí un gran desconsuelo... Antonia estaba yerta, y llevaba en la cara una expresión de dolor extraño y obstinado. Ya en otra estáncia, sentada en una silla baja, me tiene sobre su falda, me acaricia, vuelve a besarme sollozando, y luego, retorciéndome una mano, ríe, ríe, ríe... Una señora le da aire con su pañolito; otra, con los ojos asustados, destapa un pomo; otra entra por una puerta con un vaso de agua, tembloroso en la bandeja de metal.

XX

Yo estaba en un rincón, sumido en una pena confusa, que me hacía doler las sienes como la angustia del mareo. Lloraba a ratos y a ratos me distraía oyendo otros lloros. Debía ser cerca de media noche cuando abrieron de par en par una puerta, y temblaron en el fondo las luces de cuatro velas. Mi madre estaba amortajada en su caja negra. Yo entré en la alcoba sin ruido, y me senté en el hueco de la ventana. Alrededor de la caja velaban tres mujeres y el hermano de Basilisa. De tiempo en tiempo el sastre se levantaba y escupía en los dedos para espabilar las velas. Aquel sastre enano y garboso, del chaleco encarnado, tenía no sé qué destreza bufonesca al arrancar el pabilo e inflar los carrillos soplándose los dedos.

Oyendo los cuentos de las mujeres, poco a poco fui dejando de llorar. Eran relatos de aparecidos y de personas enterradas vivas.

XXI

Rayando el día, entró en la alcoba una señora muy alta, con los ojos negros y el cabello blanco. Aquella señora besó a mi madre en los ojos mal cerrados, sin miedo al frío de la muerte y casi sin llorar. Después se arrodilló entre dos cirios, y mojaba en agua bendita una rama de olivo y la sacudía sobre el cuerpo de la muerta. Entró Basilisa buscándome con la mirada, y alzó la mano llamándome:

—¡Mira la abuela, picarito!

¡Era la abuela! Había venido en una mula desde su casa de la montaña, que estaba a siete leguas de Santiago. Yo sentía en aquel momento un golpe de herraduras sobre las losas del zaguán donde la mula había quedado atada. Era un golpe que parecía resonar en el vacío de la casa llena de lloros. Y me llamó desde la puerta mi hermana Antonia:

—¡Niño! ¡Niño!

Salí muy despacio, bajo la recomendación de la vieja criada. Antonia me tomó de la mano y me llevó a un rincón:

—¡Esa señora es la abuela! En adelante viviremos con ella

Yo suspiré:

—¿Y por qué no me besa?

Antonia quedó un momento pensativa, mientras se enjugaba los ojos:

—¡Eres tonto! Primero tiene que rezar por mamá.

Rezó mucho tiempo. Al fin se levantó preguntando por nosotros, y Antonia me arrastró de la mano. La abuela ya llevaba un pañuelo de luto sobre el crespo cabello, todo tic plata, que parecía realzar el negro fuego de los ojos. Sus dedos rozaron levemente mi mejilla, y todavía recuerdo la impresión que me produjo aquella mano de aldeana, áspera y sin ternura. Nos habló en dialecto:

—Murió la vuestra madre y ahora la madre lo seré yo... Otro amparo no tenéis en el mundo... Os llevo conmigo porque esta casa se cierra. Mañana, después de las misas, nos pondremos al camino.

XXII

Al día siguiente mi abuela cerró la casa, y nos pusimos en camino para San Clemente de Brandeso. Ya estaba yo en la calle montado en la mula de un montañés que me llevaba delante en el arzón, y oía en la casa batir las puertas, y gritar buscando a mi hermana Antonia. No la encontraban, y con los rostros demudados salían a los balcones, y tornaban a entrarse y a correr las estancias vacías, donde andaba el viento a batir las puertas, y las voces gritando por mi hermana. Desde la puerta de la catedral una beata la descubrió desmayada en el tejado. La llamamos y abrió los ojos bajo el sol matinal, asustada como si despertase de un mal sueño. Para bajarla del tejado, un sacristán con sotana y en mangas de camisa saca una larga escalera. Y cuando partíamos, se apareció en el atrio, con la capa revuelta por el viento, el estudiante de Bretal. Llevaba a la cara una venda negra y bajo ella creí ver el recorte sangriento de las orejas rebanadas a cercén.

XXIII

En Santiago de Galicia, como ha sido uno de los santuarios del mundo, las almas todavía conservan los ojos abiertos para el milagro.

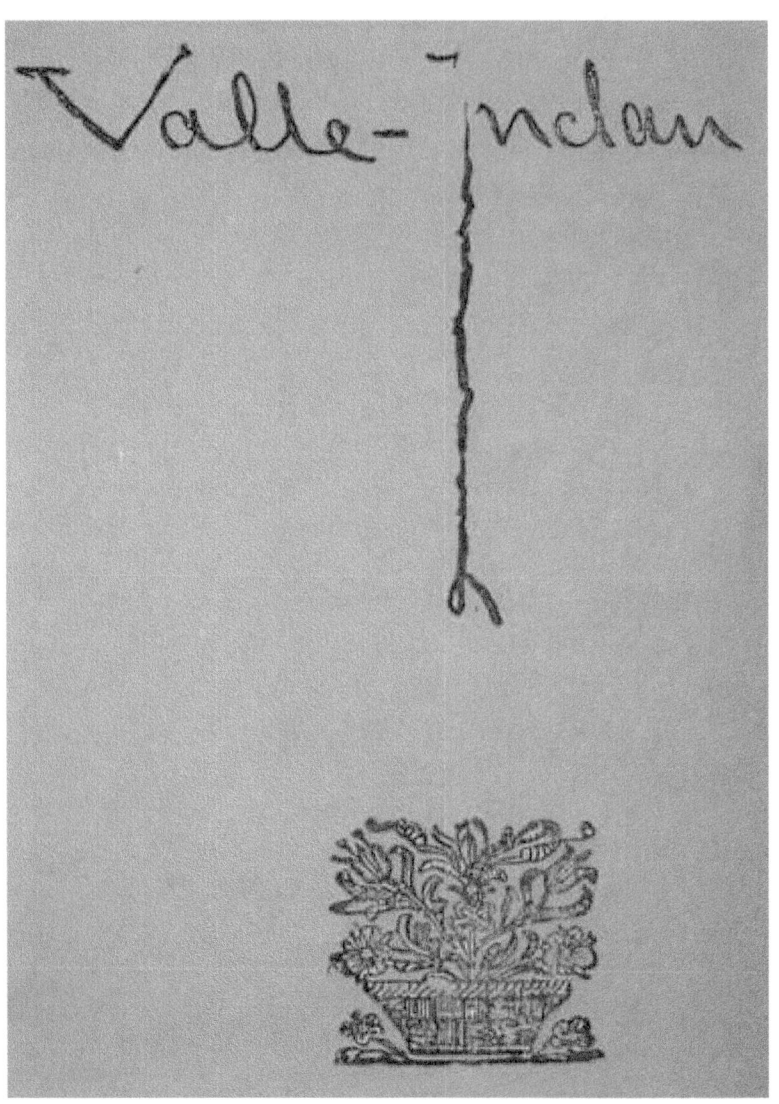